U0854288

父母面试

[韩] 李喜荣 著
洪微微 韩亚仁 译

페인트

中信出版集团 | 北京

图书在版编目（CIP）数据

父母面试 / (韩) 李喜荣著 ; 洪微微 , 韩亚仁译
. -- 北京 : 中信出版社 , 2020.9
ISBN 978-7-5217-2002-0

Ⅰ . ①父… Ⅱ . ①李… ②洪… ③韩… Ⅲ . ①中篇小说－韩国－现代 Ⅳ . ① I312.645

中国版本图书馆 CIP 数据核字（2020）第 114575 号

페인트
Copyright © 2019 by Lee Hee-young
All rights reserved.
Simplified Chinese language edition is published by
arrangement with Changbi Publishers, Inc.through 连亚国际文化传播公司
Simplified Chinese copyright © 2020 by CITIC PRESS CORPORATION

本书仅限中国大陆地区发行销售

父母面试

著　　者：［韩］李喜荣
译　　者：洪微微　韩亚仁
出版发行：中信出版集团股份有限公司
（北京市朝阳区惠新东街甲 4 号富盛大厦 2 座　邮编　100029）
承 印 者：北京诚信伟业印刷有限公司

开　　本：880mm×1230mm　1/32　　印　　张：6.25　　字　　数：118 千字
版　　次：2020 年 9 月第 1 版　　印　　次：2020 年 9 月第 1 次印刷
京权图字：01－2020－0860
书　　号：ISBN 978－7－5217－2002－0
定　　价：45.00 元

版权所有 · 侵权必究
如有印刷、装订问题，本公司负责调换。
服务热线：400－600－8099
投稿邮箱：author@citicpub.com

CONTENTS

目录

我是元一 301

那两人和在全息影像里看到的不太一样，女人肤色暗沉，男人眼角布满皱纹。女人脸上堆满了笑，男人也带着慈爱的微笑。护长拍了拍我的肩膀示意我，我低下头朝两个人鞠了个躬，说道：

“二位好。”

“哦哟，你和全息影像里的样子一模一样呢。啊，不，你真人更帅，那个……”女人说着朝我大步走来。

见她走近，我后退了半步。护长扶住了我的肩膀，像在安慰我没事。女人双眉紧锁，似乎在努力回想着什么——她肯定是想叫出我的名字。

“我叫元一 301。”我说。

是不是不加 301 好一些呢？但比起“元一”，“元一 301”更准确。全国有许多叫“元一”的人，但“301”是我的专属代码。

“对对对，你是一月进来的嘛……”

女人刚说了一半，被男人捅了一下腰，赶紧捂住了嘴。我“扑哧”笑出声来。护长在后面清了清嗓子，示意我注意礼貌。真搞不懂，明明没礼貌的是他们，凭什么要我注意礼貌。我撇了下嘴，瞥了一眼护长。

“坐下说吧。”护长说着郑重其事地把我们领到屋子中央的桌边坐下。他们两人坐一排，我和护长坐在对面。

“两位想喝什么？”护长问他们。

女人却把视线投向我的脸，问道：

“你呢，你喜欢喝什么呢？”

我转头不去看她，对护长说：“我要咖啡。”

女人脸上笑意顿失，大概觉得我是故意不理她。男人试图扭转尴尬的气氛，夸张地笑了起来。我猜他平时做事一定很努力。

“那我们也要一样的。”他说。

护长点了点头，按了下桌面上的铃，用低沉冷静的声音说：“咖啡。”很快，小帮手走进来，手里拿着一个托盘，上面放着四杯咖啡。

“哦哟，我从没见过这么大的小帮手。”女人说。

“这里孩子多，一般家用的小帮手应付不来。这是政府专为NC中心打造的小帮手。”护长说。

两人听完点了点头。我想起之前看过的家用小帮手的广告。它们是迷你机器人，个头小，拥有不同的颜色和款式可供选择。据说曾经把小帮手做得跟真人别无二致，但跟人长得过于相似的小帮手反而遭到了用户的抵触。大概人们对那种长得太像人，但又不是人的家伙会产生厌恶吧？于是，机器人公司一再简化设计，现在的小帮手和人只有百分之六十相似。不管谁看了，都觉得它们充其量就是个机器人。

女人把喝过的咖啡放到桌上，杯子磕在桌子上发出“嗒”的一声，在逼仄的面试间中回响。她看着坐在对面的护长，说道：

“这是我们长久以来的夙愿。我们犹豫了好几回要不要来叩门，但实在鼓不起勇气。您也知道，好父母有多难当，我不知道自己能不能真的成为一个优秀的妈妈。想来想去，最终决定努力一把，为了让这些可怜的孩子有个温暖的家。我就是抱着这样的想法来的。”

我要是没有透过咖啡杯瞄那个女人，就不会看见她说完还戳了一下男人的腰。

男人呵呵地笑起来，说道：“我年轻时不懂，上了年纪才发觉家里只有两个人实在太冷清了。我开始想，要是能像别人一样，和儿子去旅旅游、钓钓鱼，该有多好。”他边说边像查看一件商品似的，仔细地打量着我的脸。

“我看到你的全息影像时心头一沉，想着，啊，就是他了！老天啊，这么俊俏、这么帅气的孩子竟然到现在还没找到父母，一想到这里我的心就好痛……”女人说着，开始用手在眼角拭泪。

我咬紧牙关，抑制住呼之欲出的哈欠。护长瞟了我一眼，他的脸像严冬的早晨一样冰冷。我庆幸他恐怕已经读懂了我的想法，同时也对自己的想法稍感歉意。

“要不，我们一起去外面散会儿步吧？天气这么好，我们可以互相了解一下……”

“不行，今天只能做简单的介绍。”

护长冰冷的声音打断了女人的提议。这种时刻，我对护长老古董般的“原则至上”心生感激。女人尽管还在努力微笑，但眼里明显写满了遗憾。护长说罢站了起来，两个人也无可奈何地站起来。我尽量维持着礼貌，对这两位到访NC中心的预养者鞠躬致意。

“二位走好。”我说。

“我想抱抱你。”女人说。

“双方还不可以有身体接触。”

护长原则至上的性格再度体现。

“我一走出这里，肯定马上会想要再见到你。那么，一定要下次再见哦。”女人补充说。

我以浅浅的微笑代替了回答，应该不会再见到他们了。两人前脚刚走，小帮手就进来清走了咖啡杯。如果可以的话，我想让它赶紧把我也从这个面试间清出去。

“您辛苦了。”我说着正转身要朝门的方向走去，背后传来了护长的声音：

“元一301，你今年几岁了？”

他肯定是明知故问。是的，朴——不，应该叫护长——肯定不会让我就这么一走了之。在这里，负责统管孩子们、作为监护人的人被称为“监护长”，我们一般称他们为“护长”。如同护长称呼我们的时候会加上数字一样，我们称呼护长的时候会叫他们的姓。对于我们来说，“姓”可是个无法拥有的、了不得的东西。但在面试父母的时候，我总会在护长身上感受到莫名的距离感，因为这是正式场合，我们不能用姓来称呼监护长，而要叫他们“护长”。朴给我的这种感觉尤其明显。我慢慢回过身，回答他：

“我十六岁。”

有问必答是这里的规矩。

“你能留在中心的时间最多还剩……”

“三年，准确说，是两年零四个月吧？”我接上话。

护长似乎很累，用手抹了一把脸，问道：

“你知道，这意味着什么吗？”

“这意味着我的身份证上永远都除不掉‘NC’的标签。”

“听起来你似乎无所谓。”

倒也不是无所谓。一辈子被打上“NC”的烙印，生活肯定是举步维艰。成年之后才离开这里的人到了社会上受歧视的事情，我听得耳朵都起茧了。因此 NC 中心的孩子们都通过面试父母，以期尽早离开这里。当然确实有一些孩子找到了好父母，过上幸福生活，但大部分人不过是互取所需，假模假样地戴着“家人”的面具生活着。

我直视护长苍白的脸庞，问道：

“那两个人欠了不少钱吧？”

护长愣愣地看了我一会儿，深深地叹了口气：

“是崔告诉你的吗？”

我不过是猜的，果然猜中了。我现在单看那些人的脸就能知道，哪些人是丢了工作，哪些人是债台高筑生活出了问题，哪些人是突然面临退休，却没做好准备。

“没，她什么都没说。”我回答。

护长担心地看了看我。这样就够了。不用崔告诉我，我一看到那两个人就能感受到——“我们非常需要政府的津贴”，他们用非常露骨的表情无声诉说着。

护长大跨步地朝我走来，用一只手抓住了我的肩膀：

“元一 301。”

我什么都没有说。我想我什么都不用说。

“以 NC 中心出来的身份生活，比你想象中还要难。”

“比跟不靠谱的父母一起生活更难。”

护长一双长而密的睫毛微微颤抖着。

“您辛苦了。”我又说了一遍，然后朝着门走去。

“你也辛苦了。”背后传来护长的声音。

我没有回答，走出了面试间。

一走出大楼，映入眼帘的是宽阔的操场。操场的另一边是教学楼和宿舍，还有一座圆拱形屋顶的礼堂。四周随处是绿色的森林，郁郁葱葱，但没有人会以为这是真的——它们只不过是全息影像，是一堵堵绿色的高墙罢了。我抬起头看着蓝天，胡思乱想着，那片天会是真的吗？

韩国各地都设有NC中心。NC中心有三个馆——“初生馆”负责护理刚出生的婴儿和学龄前的孩子，“成长馆”负责教育从小学到十一岁之间的孩子，还有个“终结馆”，负责管理从十二岁到十八岁的孩子，也是进行父母面试的地方。“终结馆”顾名思义，是成长于NC中心的孩子们最后的家。

我穿过操场，慢悠悠地往宿舍走去。没走几步，我手腕上的全能表亮起了灯。我碰了下表盘，眼前立即出现了一幅全息影像，是护长打来的。我用手指点了点“暂停视频”，全息影像关闭，只传出他的声音。

“为什么不搭电动步行道？”护长问。

“您是怕有昆虫无人机出现吗？”我反问。

偶尔有蝴蝶、瓢虫、蜜蜂和蜻蜓等造型的无人机飞进NC中心。是NC中心外面的人想要窥探我们而放进来的。外头有人担忧，我们在这里非法洗白身份。这些无知的人，以为NC中心是一个关押犯人的监狱。当然，我们在成为大人之前是无法离开这里的，要说是“监狱”倒也不算离谱。

大部分NC的孩子在建筑物之间移动时都会搭乘电动步行道，比步行穿越操场快得多。但有时我会想要走一走，没有理由。如同现在这种时候，面试完父母，我总是独自发着呆穿过操场。

“元一301。”护长叫我。

“我在。”

“你打几分？”

“十五分。”

他们流眼泪的演技还挺真实的。

“比我预料的要高。”

我的耳边响起了护长，不，是朴低沉的笑声。被我切断的影像重新出现在空中，朴歪歪地靠在墙上。我一脸严肃地盯着他，盯着他深褐色的眼眸。

“您那么了解我，明知道我会讨厌，为什么还非要让我去面试？”

朴略带歉意地轻轻耸了耸肩。

“这事由不得我。”

他说着用手指了指天空，我大概可以明白他的意思。尽管他是这个馆的馆长，但终究是名公务员，只能听命于上层。我“啪嗒”一声关掉了影像，护长的声音也随之切断。当然，我也不是不明白朴的用心。作为馆长，他比谁都更爱护、更重视馆里的孩子们。虽然他不近人情，性格也有点怪，但他一心全都扑在孩子们身上，比谁都用心。馆里的其他护长对孩子们也都满怀献身精神，他们为了让每一个孩子都能遇上更好的父母而尽心尽力。他们希望我们走入社会后不要被区别对待，不要受到歧视。我虽然内心充满感激，但另一方面也很郁闷。我长长地叹了一口气。

走到宿舍楼的门口，门锁传感器扫描我的脸和虹膜后，人声识别按钮亮起了灯。

“元一 301。”我说。

“哔哔”两声，门开了。

“保安。”

一踏进宿舍楼，我就习惯性地启动了保安功能。大楼的铁门关上后，门的中间部分是一块特殊合金，在启动“保安”功能时可以变成像玻璃一样透明，而且只能从里往外看，没办法从外面向里面看，这时我们可以短暂地看到外面的风景。这是功能门的特点之一，是利用新材料开发出来的技术。不仅 NC 中心有，一般家用的功能门也广泛使用了这项技术。我瞟了一眼门外，景色一如既往。过了一会儿，透明的门又“唰啦啦”地恢复了原样。

走过长长的走廊，我进了房间。良十见我进来，马上抬起头径直向我跑来，嚷嚷着：

“哥，你去‘上色[①]’了吗？”

我躲开兴奋的良十，有气无力地躺倒在床上，说道：

“关窗帘，开夜灯。”

话音刚落，窗帘就降了下来，房间里亮起了夜灯。良十一脸不爽，鼻子里哼了一声：

“不公平，为什么这房间只认得你的声音？我只能一个一个按遥控器。况且，我还不想睡觉呢！”

“每间房都只认年纪大的人的声音，你不知道吗？不想睡的话出去玩。”

“别这样嘛，跟我说说看嘛。来的是什么样的人？你不喜欢他们吗？”

我睡眼惺忪地看着良十。他是十月进的中心，所以叫“良十”。我们的名字都是从月份名和月份的别称而来的。

一月又叫“元月”，一月进来的男孩子叫“元一”，女孩子叫“元元”。以此类推，六月又叫“荷月”，所以六月进来的男孩和

---

① 在这里，“上色”是孩子们对“父母面试”的戏称，因为父母面试（Parent's interview）简称 Paint，Paint 本义为“上色”，也意味着给自己的人生增添新的色彩，从此开启崭新的人生。——编者注

女孩叫“荷六”和“小荷”，七月又叫“巧月”，所以七月进来的孩子叫“巧七”和“巧巧”，十月进来的孩子叫“良十”和“小良”，十一月进来的孩子叫“冬一”和“冬冬”……

重要的是名字后面所跟的数字。全国有许许多多和我同样的“元一”，但其中“301”只有我一个。良十是第五百零五个进中心的孩子，所以叫“良十 505”，良十进这里的时间还不到六个月。

“我的好哥哥呀，到底怎么样嘛？我是不是也快了呀，就是去‘上色’？”良十问。

我双眼困倦地看着良十，问他：

“你真想给自己搞个爸妈？”

良十一副理所当然的样子，点着头说：

“那样不是挺好吗？以后我可以更好地进入社会。”

良十说得对。我们选好父母，与他们成为一家人的话，会有很多优待政策，当然收养我们的人也会因此享受很多优惠政策。

“我去找荷六玩啦，我们约好一块儿去滑帆板。”良十说。

“是荷六 406 吗？”

“不是，是荷六 203。为什么荷六这么多呢？听说女生生活的 G 馆里叫‘小荷’的也特别多。”

我本想反问他，你觉得是什么原因呢，但没说出口，只是说：“你玩的时候小心点，别又失去平衡摔了。记得戴好护具。”

“别人管你叫什么，你知道吗？”

我瞟了一眼良十，问他：“叫什么？”

他抬了抬眉毛，说道：“叫你‘半护长’。你说话越来越像护长了。”

良十说着一溜烟地跑出了房间。其他孩子竟然叫我“半护长”。我躺在床上，凝望着天花板。我一闭上眼睛就会想起那个男人的笑声，令人烦躁。今天的面试似乎有哪里不对劲，不过具体哪里，我说不上来。话说，这世上真有所谓的正确答案吗？

越来越多人不想生孩子，政府为了奖励生育，推行了许多补助政策，但都收效甚微。时间越长，情况越复杂。最终政府不得不寻找新的路子——“你负责生，国家负责养”。

这不是单纯提供养育津贴的意思，而是诚如其意，由政府接收生下的孩子，直接将他们抚养成人。也就是父母亲生了孩子又不想养的话，政府就接收抚养。所以国家成立了 NC 中心，把我们称为“国家的孩子”（Nation’s Children）。

这时，我手腕上的全能表响了起来——“元一 301，到面谈室。”我支起身子。门外余晖洒满了走廊，传来孩子们的欢笑声，小帮手正在打扫地板，我略带晕眩地穿过走廊。

一打开面谈室的门，就看到崔坐在桌边。崔是男孩生活的 B 馆里唯一的一名女性护长。

“刚才面试的时候你喝了咖啡吧？所以我给你准备了热可可。”崔说。

对她来说，了解我今天面试时喝了什么简直易如反掌，通过小帮手的数据库一看记录便知。

“怎么样？”她问。

“朴没告诉您吗？”

崔没有回答，浅浅地笑了笑说道：

“他让我直接来问你。你也知道他嘴巴有多紧。”

他嘴巴紧是肯定的。这是NC的护长们要遵守的重要原则之一。不允许走漏任何一个孩子的信息，是生活在NC中心里所有人都要遵守的首要原则。

“十五分，百分制。”我回答她。

崔“扑哧”笑了，看来她也不太喜欢那两个人：“照你的打分标准，这分数还算客气了。”

这里的人都这么了解我，看来我真的在这里待得太久了。

“那俩人的心思都写在脸上，他们是不是突然欠了钱？”

听到我不冷不热的话，崔收起了脸上的笑意。我住了口，端起热乎乎的可可喝了一口。来这里的预养者人人面带微笑，那种笑就像这杯热可可似的，恰当的温暖，却甜得过分。

“元一，他们并不是仅冲着政府的优惠政策来的。”

“也不是所有孩子都需要父母吧？”

“你既帅气，又聪明，想读书的话可以继续上学，想学多久就可以学多久。”

“你的意思是，我为了学习非得找一对父母不可？我已经十六岁了，你让我在这个年纪和完全陌生的人生活在一起，还要叫他们‘爸妈’？”

崔慢悠悠地端起咖啡杯，又放回桌上，杯子碰触桌子发出“嗒”的一声。冰冷的沉默回荡在我们之间。崔看着杯子，低声开了口：

“这有什么不好吗？”

我看着崔的眼睛。

“十六岁见父母有什么不对吗？”她继续问。

“护长。”

“出娘胎第一眼见到的父母才叫父母吗？NC 中心所有的孩子都从十二岁才开始拥有父母，你明白这是什么意思吧？”

“就是我们是被抛弃的意思呗。”我耸了耸肩。

崔的眼里瞬间闪过一道寒冷的光：

“你和外面的孩子不一样，你可以选择自己的父母。”

我没有接话。

“你可以面试想当你父母的人，当然，你肯定不会去选择评分只有十五分的父母。”

崔的话没错。我们可以面试那些想当我们父母的人。如果面试的时候印象不错，孩子觉得这两个人挺好的，就可以再进行第二轮面试。愿意的话，双方协商后还可以再见面，也可以互相发送全息影像。之后双方到NC中心里的合宿屋生活一个月。顺利度过合宿期之后，孩子就可以离开NC中心，前往父母的家里生活。在孩子二十岁之前，护长会定期家访，确认孩子的生活情况，调查满意度，查看孩子的身体与精神状况。因此，带走我们的父母要不断地观察和学习，了解我们喜欢什么，不喜欢什么，生活中有什么不满意的地方，只有这样，护长上门时他们才可以做出恰当的回答。

“可是……”崔说着拢了拢头发。

这时，窗外天色暗了下来，屋里的灯自动亮了，面谈室自动调节到合适的温度和湿度。

“也有孩子是跟十五分的父母一起生活的。”她接着说。

崔比任何人都更了解我们。她只要动一动手指，就可以浏览孩子们密密麻麻的档案记录，包括进馆的日期、身体指数、性格和喜好等等。

但是我们几乎不了解护长们，甚至不知道他们的名字。他们只是以姓氏存在，我们也无法确信那到底是不是他们的真姓。他们只是保护我们、观察我们，为我们找父母的“监护长”而已。

我对崔之前的生活一无所知，也不了解她为何来这里当护长。虽然我也想过这种关系有点不公平，却无法提出异议。

这时，馆里响起了晚餐铃。崔冰冷的脸上重新泛起了温暖的笑意。

“其实那对父母我也不满意，他们的居心太明显了。那你知道为什么朴会把你推荐给他们，明知道你讨厌还要逼你去面试吗？”她笑着说。

我笑不出来。

“因为我们馆里没几个十六岁的了。”崔自问自答。

绝大部分孩子在十六岁之前就找到了父母，离开NC中心。这样一来，NC中心的业绩才会节节上升。她呵呵笑着，举起杯子说：

“他是想要保护那些纯真的孩子。”

我眨着眼，希望她能做进一步解释。她很快接下去说：

“你想，今天要是一个傻乎乎的孩子去面试的话会怎么样？他肯定会答应，下一轮面试也说没问题。只有你这种水平的孩子，才能一眼看出这种人的居心。他们这次被拒了，短期内会被禁止再次入馆。他们看起来有点大嘴巴，我也怕他们出去胡说八道，但毕竟在誓约书上签了字。你知道，我们业绩压力也挺大的……”

崔说着，咬住了下嘴唇，意识到自己说了不该说的话。直到这时，我才明白朴为什么会对我说“辛苦了”。没错，要是让良十这样的家伙去面试，他肯定一口答应，搞不好到了下一轮面试就欣然接受。朴果然很用心，馆长也不是谁都能当的。

“去吃饭吧。”崔对我说。

“我不想吃。”我随着崔站起来。

“你最近都没有好好吃饭。”

“上个月体检的时候，我可是进入了前百分之十。”

中心生活着许多孩子，只要有一个人感冒，病毒很快就会扩散开来。因此我们每个月都要体检，仔细检查身高、体重、视力、听力、血液、体脂率等等。要是哪个孩子体质太虚弱不达标，或是体重超标，馆里会马上为他调整食谱，开出运动处方。与外界的担忧相反，我们在馆里吃得好，睡得香，健康成长。因为我们是珍贵的“国家的孩子”。

我离开面谈室回到房间，打开全能表，空中跳出全息影像。我说了句“屏幕”，画面就打在了白色的墙上，播放起黑白老电影。听说很久以前，每家每户都有一台电视，那多麻烦呀，我们只要用全能表一投影就可以看电视。

“换台，五秒。”

我的话音刚落，屏幕就换到下一个频道，可是大多数的电视节目既无聊又无趣。我很快关掉了电视。画面一消失，眼前又重新恢复成白墙。我一头倒在床上。

怀了孩子又不想养的人可以到国家运营的医疗中心生孩子，孩子一生下来就会被送往 NC 中心。这种父母逐渐增加，NC 中心里的孩子自然也越来越多。

NC中心刚成立那会儿，赞成和反对的意见都有，分歧很大。有人批评，这是将父母遗弃孩子的行径正当化；但主张不提高生育率就会导致国家面临危机的声浪也很高，不容忽视。最终大家都认可，照顾被遗弃的孩子是国家的义务，赞成派逐渐占了上风。

围绕NC中心的不同意见针锋相对、剑拔弩张之时，发生了那起震惊国人的事件之后，有更多人对NC中心持否定的态度，一发不可收拾……

这时，门外突然传来了熟悉的电子音，我对着门喊了声“保安”，启动了功能门的可视功能，门的中间“唰啦啦”变成像玻璃一样透明——怎么是小帮手？我又没叫它。

“开门。”我说。

门一打开，小帮手走了进来，手里拿着三明治和牛奶。不用问也知道是谁送过来的。我按了一下它胸口闪烁的按钮，一个熟悉的嗓音流淌出来：

“健康可不是你一个人的事哦，好歹吃点吧。”

听崔这么一说，我不由自主地笑出声来。如果说馆长朴是原则主义的坚实拥趸，那崔信奉的就是灵活主义：在原则范围内，竭尽所能地给孩子们提供方便。只有她会抚慰孩子们的情绪，圆融地处理事情。

小帮手离开后，我啃了一大口三明治，自言自语道：

“这地方还真是养人啊，不想吃饭还硬要塞东西给你吃。”

门突然一下子打开了，良十一脸兴奋地冲我喊：

“哥，我也可以了——去上色。”

这地方甚至为我们安排家人，这和没胃口时让我们吃三明治没什么两样。我把吃了一半的三明治放回盘子里。没胃口时难道吃得下三明治吗？

开始父母面试

“你别期望过高。”我说。

良十眨巴着眼睛，满脸都是问号。

“最好能来一对帅哥美女，声音动听，身体特棒，可以和我一起滑帆板。要是他们喜欢做饭就更好了，这样我就能让他们做我喜欢吃的东西了，不是吗？护长很快就会给我看全息影像了，他们会是什么样的人呢？”他自顾自地说起来。

我斜靠在床边，看他满心期待的样子，不禁有些不安，毕竟期望越高，失望越大。

“来的人有可能大腹便便，还满脸都是皱纹，别说滑帆板了，搞不好连路都懒得走。还希望他们做饭？这年头谁还做饭啊？还不都是买现成的。还有，你可别太相信全息影像，都是修过图的。”我反驳他。

“哼，就显你能。”

良十说着噘起了嘴。我十指相扣枕在后脑勺上，嬉皮笑脸地看着他。面谈室里崔看着我的眼睛忽然出现在我的脑海里，有种不同以往的黯淡和浑浊，好半天挥之不去。

女性护长大多选择去初生馆或成长馆带低龄的孩子，也更愿意选择在女孩生活的 G 馆工作。终结馆是为孩子们和父母牵线搭桥的地方，最麻烦也最棘手。崔为什么会来我们这里呢？从另一个角度来想，也许是因为最难搞，她才选择了我们这个全馆业绩最差的地方。就像数学家遇到越复杂的公式越兴奋，或是登山家攀爬越艰险的山越来劲一样。这么说来，崔是不是也具备相当的冒险精神？

当今社会，大家都不太爱生孩子，生了也不想养，所以政府又提出，领养 NC 中心的孩子的人可以获得好处。于是，人们逐渐开始对 NC 中心产生了兴趣。一般人都喜欢可爱的小孩子，最受欢迎的是四岁左右的孩子，他们基本上听得懂大人的话，举动比较讨喜，也不像刚出生的婴儿让人压力那么大。但也有些人只是觊觎政府的奖金，没头没脑地就来报名父母面试。这样的人越来越多，出了不少问题。有的父母放任孩子不管，甚至虐待孩子。有的人家发生了更加耸人听闻的事情。忍无可忍的政府抬高了允许领养的年龄，必须满十二岁，这个年纪的孩子已经说得清讨厌什么、哪里出了问题，才可以面试父母。当然，也有人对此表示担忧：

“这样不好吧，就算是自己肚子里生出来的孩子，到了青春期亲生爹妈还烦他呢，更何况是已经长这么大的孩子，哪有人愿意带回家呢？而且，在NC中心里待了这么多年，那孩子会不会待出什么毛病来，或者压根就不想要爸妈了吧？”

然而，出乎意料的是，提高年龄门槛之后，反而有更多的人对NC中心感兴趣了。理由有二：一来与之前相比，需要费心费力养育孩子的时间缩短了十年以上；二来政府再次出台优惠政策，领养者可以提前领取养育补贴和年金。政府规定，领养者领养NC的孩子之后，必须得相安无事地养上五年，之后每五年为一个周期，接受检查，反复确认没有问题才行。中间一旦出了问题，这些父母就得付出相应的代价。随着韩朝交往越来越密切，原先用于国防费用的一部分预算转作提高国民福利和稳定出生率的支出，这笔费用率先被用于成立NC中心——这可是一项关乎国家存亡的项目。

未被领养的孩子在NC中心最多可以待到十八岁，之后就必须离开中心自寻生路。可是，社会对这种身份的孩子的歧视久久难以消除。人们习惯于把NC出身的人同自己区分开来，从中获得优越感。那些在父母身边长大的人总觉得从NC中心出来的人比不上自己。就像我们对待和真人一模一样的小帮手那样，社会上厌恶“NC人”的情绪无所不在地蔓延开来，特别是发生了那件事之后……

“你呢？”良十忽然问我，“你讨厌找父母吗？”

我没答话，只是瞟了他一眼。父母？我的脑子里像打翻了一盘国际象棋似的乱作一团。找一双父母，对我们来说自然意味着有更多好处，可以取一个和外面世界的孩子一样普普通通的名字，来取代现在机器序列号般乏味的数字名字；可以离开NC，去任何地方；还可以进入一所普普通通的学校，展开新的学校生活，而不是继续上中心里的学校。更重要的是，还可以拥有一间独享的房间。

“有点难讲，我总感觉像是把自己卖了。”好半天我才开了口。

尽管有这么多好处，但我还是觉得一切都是掩饰。在我眼里，所谓“父母”，不过是一群企图通过领养我获取各种优惠和保障的人。听到他们说什么一看到我的全息影像就产生了感情的屁话，我觉得还不如说猫咪汪汪叫更可信。

“你就不能当作是双方互相磨合吗？”

良十挠着太阳穴自言自语着。这是他难为情时就会出现的习惯动作。他那不知何时会出现的父母，总有一天也会发现这一点，还有他的偏好、性格和口味，就像他所说的，双方互相磨合就行。我猛然想起崔说过的话——

“也有孩子是跟十五分的父母一起生活的。”

如果我不是在NC长大，只是一个外面世界的孩子，那是没有选择权的。面对十五分的父母，不，哪怕只有五分，我也无计可施。那样的话，恐怕连良十说的“互相磨合”都只是一句空话。

“我们选择父母，就和结婚差不多。”良十突然开口说道。

结婚？我不明所以地看着良十。

“结婚不就是这样吗？两个陌生人签下合约，然后在一个屋檐底下生活，互相磨合。刚开始也会吵架，然后过了一段时间就习惯了，要是不合就索性分开。父母和子女之间的关系不也是这样吗？”

每当他慢条斯理地说出自己的想法时，表情总会变得像个大人似的。可是，选择父母和结婚真的一样吗？

“不，选择父母和结婚不一样。”我说。

良十眨着眼，脸上又出现了问号。我闭上眼睛，不再说话，一时间，纷杂的念头如同噪声一样让脑子乱成一团。

——犯人杀死了十二个人。这是十多年前的事了，现在人们恐怕记不太清了。我十二岁刚进终结馆没多久的时候，偶然看到了当年的新闻视频。那条视频给所有人都造成了巨大的冲击，在全国范围内被大肆报道，画面中出现了那个罪大恶极的杀人犯，脸上没有打马赛克。他坦白称，他怨恨生下他又抛弃他的父母，谋划许久，最终犯下罪行。他还说，要是没被抓住，是不会停下这种恶行的。他的这番话通过媒体迅速传开，震惊了全世界。他是NC中心出身的。点燃的导火索再加上各种谣言火上浇油，人们对NC的贬损燃成了熊熊大火。

为了镇住这场“火”，政府完善了法律，允许身份证上删除NC出身的字眼。具体而言，NC的孩子被父母领养后，身份证上关于NC出身的记录会像魔法一样随即消失。政府试图通过这种方式让社会认同，父母领养NC的孩子利大于弊。

NC中心的核心作用和目标是为有领养意愿的人和孩子搭桥，帮助他们在不为人知的情况下秘密结成一家人。当然不是谁都能当父母的。预备养父母简称“预养者”，需要通过严格的文件审查和体检，还有心理测验，以及最重要的关卡——“父母面试”。NC的孩子们取“父母面试”的简称，称为“上色”，算是“行话”。NC孩子说去“上色”，就是指去父母面试。最早是谁先这么说的已经不得而知了。搞不好这个词是自己突然冒出来的。也许给自己上了色，就可以掩饰NC出身的事实吧？想要什么样的未来，就可以选择上什么样的颜色吧？父母可以成为我们的颜色，我们也可以成为父母的颜色，互相观察颜色的过程，就是父母面试。上过不同的颜色之后，有可能比之前更亮丽，也有可能反而变得更灰暗。

预养者和NC孩子组成的家庭日益增加，之前浮现出来的问题也随之接二连三地消失了。渐渐地，NC的孩子们自然而然、无声无息地融入了社会，对他们的歧视也显著减少了。

“上色”之前，为了保护孩子们的身份，由政府管理NC中心。孩子们几乎所有生活都在中心内解决，学校也设在中心内。十八岁之前，除了一年两次的团体旅行之外，孩子们基本上没有机会离开NC中心。

“我们和预养者之间少了一样最重要的东西……”

我说完偷偷瞄了他一眼。我在想自己是不是说了不该说的话，不过话已经出了口，就算残忍也得说，这是为了这个单纯天真的家伙好。

“——爱。”我继续说。

听到“爱”这个字时，良十的黑眼眸颤了一下。我知道他的内心很脆弱，听到这种话会泄气，但他应该知道这一点。老话说得好，良药苦口。

“那么，生下我们的父母有爱吗？”良十反问我。

这次黑眼眸颤抖的人不是良十，而是轮到我了。

“我滑帆板的时候问了荷六203。”见我没说话，他继续说，“我问他，为什么六月进NC中心的孩子那么多。我想他会不会知道。”

“他怎么说？”

良十无力地低下了头。早知这样，我就先告诉他了。照他的性格，是不会为了逗趣才问荷六这种问题。他应该是真的很想知道，才会心无城府地问出了这个问题。

八月有漫长的暑假，人们从日复一日的忙碌生活中解脱出来，最爱到大山、大海和外国去旅游，享受着优美宜人的风景，沉醉于自由之中。于是，转年六月孩子们就出生了。这也就是为什么荷六和小荷特别多的原因。

“可是，你知道荷六怎么说的吗？”良十又问我。

我还是一声不吭。

“他说，之前在成长馆里叫‘良十’的也很多。”

哦，还有圣诞节。看着故意大笑的良十，我心里隐隐作痛。可是，计较这种事重要吗？反正我们都是被抛弃的。

“要是能遇到好的父母，我一定会好好孝敬他们，给他们过父亲节、母亲节，到了他们的结婚纪念日或是生日，我也一定会给他们买礼物和鲜花。”

我仍没有开口。

“哥，我认为爱也是事在人为。”

良十的心地比我想象的还要温暖。他比我认为的还要更聪颖、想得更深。我输得彻彻底底。我摸着他圆滚滚的脑袋瓜，笑着说：

“你一定会遇到好父母的。”

我真的希望，能有非常好的预养者出现在他的面前，因为他是那么开朗又天真，我每次看他都会忍不住嘴角上扬。

“对了，哥。”

“怎么？”

“之前崔说过‘上色’的时候不要怯场，但我还是有点紧张。”

崔是对的。选择父母的权限完全在我们手里，尽管对方是大人，也不用畏缩，或看他们的脸色。不喜欢就说不，这是我们的权利，也是我们的义务。

在面试父母中落选的应征者会签下包括禁止泄露NC信息的条款的合约。具体情况我不太清楚，不过至今为止中心没出过什么大事，估计对此可能有一些补偿。

“他们会是什么样的人呢？好想赶快知道。”良十继续说。

“先看了全息影像再说吧，搞不好一看全息影像，你就死心了……”

“哥，你够了。”

良十气恼得两颊都红了。这样刺激他似乎有点过头了，但看他那兴致勃勃的样子，我实在很担心。这种感觉大概就像看着十三岁时的自己吧。没办法，谁叫我老是想到那句话呢——期望越高，失望越大。

“摩擦是两个互相接触的物体之间产生的力，不管是正向还是逆向的运动都会产生。你干什么呢，元一！怎么不按画面。”

科学老师朝我吼了一声。

我正看着窗外发呆，被他一吼，视线重新回到他的身上。

“您为什么不叫我 301？”

听到我毫不相干的回答，老师皱起了眉，气呼呼地说：

“这里的元一就你一个，我为什么要叫你的号码？”

“我觉得 301 更像我的名字。”

老师挥了挥手，示意不要继续这个话题。我点了一下“摩擦的原理”，画面上出现了一个红框。课很无聊，我环顾坐在教室里的孩子。在 NC 馆里，十六岁相当于最“老”的一群人了。大部分孩子一到十四岁便很快面试成功后出馆，再迟一点十五岁也出去了。到了十六岁还留在中心里的孩子没几个。我扭头看着冬一——准确地说是冬一 208。

我听说，领养了 NC 的孩子又弃养是非常麻烦的事情，不仅要退还政府的补助金，还要缴纳罚金。而冬一十六岁时离开 NC 中心，半年后又回来了。

“他们强迫我信教，每次吃饭前都要祈祷，这也就算了。周末的大好时光，非要我去教堂，还得坐在第一排，连打个盹儿都不行。听牧师布道也就算了，还要我参加什么志愿活动。我又不是自愿要去，算什么志愿？那些人说得好听点是‘邻里’，其实就是头一回见的陌生人，我为什么要去帮他们？真是受够了，我才没那么高尚。吵了几次架，我突然就厌倦了。最后我说想要回

NC。其实除了这一点，其他倒也还好……总之根本就是两个骗子，面试的时候明明说我可以不用信教。”冬一回来的时候说。

重新回中心的孩子不只有冬一。选好了父母，但后来发现他们太凶或太冷淡，总之只要觉得难受，孩子们都会毫不犹豫地回到中心。馆里十六岁的孩子们大多至少被领养过一次，或是到临近出去的最后一刻又反悔了。去年，有个十五岁的家伙已经是第三次被领养走了，不过到现在为止都还没有消息，看来和第三任父母相处得还过得去。外面的孩子们要是知道我们不满意就可以换父母，不，要是知道我们可以选择父母的话，他们会怎么想呢？

下课铃响了。听到老师说“今天的课上到这里”，孩子们纷纷伸起了懒腰。我们保存了总结课堂内容的画面，然后从座位上站起来。屏幕自动缩回课桌里面。我们至今还在用旧显示屏上课，大概也是因为这个馆的业绩不好的关系吧。总部一定很讨厌我们馆，所以连显示屏都不肯给我们升级。

“元一，你一会儿会来 VR 室吗？”冬一问我。今天是 VR 室开放的周一。

“当然去。”

他不耐烦地打了个哈欠，说道：

“你知道外面世界的孩子最幸福的是什么吗？就是他们可以随时自由地去 VR 室玩，不像我们在这里只能在指定日子去玩。我虽然不想要父母，但为了能自由地去VR室，真想再次被领养。”

VR室在外面世界随处可见，但在NC中心里只有寥寥几间。馆里按照年龄排日子，不到指定日子不让进。VR室里的游戏种类也很有限，暴力性质的或带有限制级画面的游戏都不能玩，许多外面世界都在玩的游戏这里也完全看不到。

冬一突然爆发出一阵笑声。

见我疑惑的眼神，他哧哧笑着继续说：

“一开始我很努力，在家里尽量不和父母起冲突。但那种生活和合宿时临时住的一个月完全不一样。家里的房子怪怪的，不像NC中心有长长的走廊，只在广告里看过的迷你小帮手转来转去让我头晕。而且，家有种特殊的味道，是馆里闻不到的。窗外没有我看惯了的全息影像树，山也离得很远，反正看着很陌生。”

虽然没有体验过，但他的话我似乎完全可以理解。

“但是你知道搞笑的是什么吗？”他继续说。

我没有搭话。

“那些在亲生父母身边长大的孩子也一样。”见我一头雾水的样子，他苦笑着说，“我进入一般的学校，发现那些孩子也和我一样活得很累，尽量避免和父母起冲突。”

冬一说完陷入短暂的沉思，突然又补了一句：“他们说觉得爸妈烦。”

“觉得烦？”我反问。

他点了点头，继续说：“听他们说这话，我挺气的。”

“气什么？”

冬一看着远处，然后又把目光拉回我的身上，说道：

“他们够幸福的了，父母生、父母养，全心照顾他们，他们竟然觉得爸妈烦？太过分了。真的，真是这样。但我从另一方面想了想……”

我沉默。

“父母是不是也觉得孩子烦？是不是也对他们不耐烦，发过脾气？我觉得有因必有果。”冬一说。

我还以为他满脑子只装着游戏，看来也有深思的时候。没错，正如他所说的，这个世界上有因必有果。当你埋怨对方“你怎么可以这样做”之前，应该想一想，是什么造成对方做出了这样的行为，这样才对，不是吗？但似乎没几个人记得这个因果关系。

“哟嚯，你出去一趟大彻大悟了啊。”听我调侃他，他一脸理所当然，翘了翘嘴角。

“既然想通了，你要运用到实际中来嘛。下次发脾气之前，先考虑看看会带来什么样的后果。”我继续说。

“喂，发脾气本身就是结果，原因在于我天生就是这种容易发脾气的性格。”他回嘴道。

用这种方式来解释他的臭脾气，果然有他的风格。想问题时总是选择对自己有利的方式，这是他的优点，也算是缺点吧。

下课后，孩子们三五成群地前往 VR 室，我跟在他们后面慢吞吞地走着。一到 VR 室，门锁上的传感器扫描了孩子们的脸和虹膜。游戏开始之前，我们先在两只眼里放入特殊的隐形镜片。一想到可以摆脱无趣的现实，进入假想的世界，每张脸上都写满了兴奋，洋溢着笑意。

“要不要一起玩？”在位置上站好后，冬一问我。

“不，今天我要自己玩。”我回答他。

冬一无所谓地进入自己的房间。我打开他隔壁房间的门，房间四壁都漆成了绿色。

“元一 301，切断外部连接。”我说。

灯被关上的同时，响起“元一 301，连接完成”的提示音。切断了外部连接，这里就成了我的专属空间。我不喜欢别人进来打扰。不一会儿，熟悉的背景音乐和绿色的森林在我眼前展现，是我上次储存的游戏进度。我犹豫了下要不要玩别的游戏，最后决定还是继续玩之前的。

“罗马短剑。”

我话音刚落，头的上方射下一道光，我的身体成为中世纪的流浪骑士，手里抓着一把全息影像的刀，仿佛能够感受到它的重量。我越往前走，森林越开阔，VR 室的地板会像跑步机一样滑动，我停下脚步时地板也会静止不动。VR 室的传感器，不会错过玩家身上每一个细微的动作。

头上飞过巨大的翼龙，远远可以眺见笼罩在浓雾中的城堡。今天我能征服那座城堡吗？单凭我手中的短剑和薄薄的盔甲恐怕不行，我得杀死更多敌人，收集更多金币，才能提高武器和盔甲的性能。我跟别人不一样，从不拼命打斗，一般杀几个敌人，除掉一条小龙，就结束一盘游戏。就算是虚拟现实，打斗起来还是要耗费体力的。这时，森林里有人朝我放箭，敌人该出来了吧。我紧张起来，不禁握紧了拿着短剑的手。刹那间，一支箭从树后面飞出，划过我的耳边。虽然每次都会这样，但我的心还是猛然一颤。玩 VR 游戏就是为了体验这种身临其境的刺激。

“来者何人？”

射箭的家伙终于出现在我的面前，他胸口画着一个十字架，应该是最低级别的守城士兵。

“速速报明身份。”他继续说。

我没回答，只是耸了一下肩膀。我是流浪骑士，没有身份。人们总是莫名地重视身份。就像买农产品时会看原产地一样，对人也一样，总是对你从谁的身体里生出来有莫大的兴趣。我不知道自己是从谁的身体里生出来的，这很重要吗？我就是我。生下我的生物学意义的父母固然存在，但我不认识他们。他们没有养我，并不意味着我就是一个不完整的人。我比谁都更了解我自己，清清楚楚地知道，我是什么样的人，这不比知道我父母是谁更有价值吗？为什么人们总是不待见NC馆出身的人呢？因为知道自己的生物学意义的父母是谁，和父母生活在一起就很了不起，足以让他们产生优越感吗？还是因为这种关系足够珍贵，值得他们每天炫耀？

“身份那种鬼东西，我才没有呢。”

我说着握紧了短剑，朝敌人冲去。

果然，当中世纪的骑士很累。打完这场剧烈运动的游戏，我累得像一摊泥。不过这样跑一盘下来，压力也都释放了。下次还是选一个轻松些的狙击游戏吧。

洗完澡回到房间，良十正看着墙上的大屏幕，扭头对我说：

“刚才你的全能表响了，护长让你去一趟中心办公室。”

“哪个护长？”

“馆长。”

良十圆溜溜的眼睛再次看向画面。这么晚护长还让我去办公室只有一个理由，如果是我生活态度或是学习态度不端正，护长最多用全能表简单警告一下。我用毛巾擦了擦湿漉漉的头发，用力推开了门。

“哥，你帮我把房间的灯调成睡眠模式。”良十在身后唤我。

“你自己按遥控器。”

“遥控器在桌子上……算了，真讨厌。”

我把手插进口袋里，脚步沉重地走在走廊上。一群孩子经过我身边，我听到他们压低声的对话。

“上次我们一起看的那部电影里的男主角，名字很不错吧？你有想好的名字吗？”

“一直被叫荷六 408，突然要叫别的名字，我感觉怪怪的。”

“被叫那种名字有什么好的。”

略带苦涩的笑声消失在走廊的尽头。我步伐沉重地走到一楼，搭上了电动步道。馆里长大的孩子大部分都习惯了遵守规定和管理，自己能做的事自己做，不管是什么事。闹钟响自己起床，在规定的时间吃饭，自己管理学习和健康。不管是排队、等号，还是只在指定时间玩游戏等等的规定，就像在 VR 室里穿上的全息铠甲一样从头到脚地把我们的身体包裹住。我不觉得这种习惯有什么不好。也许生活在 NC 馆的我们才是社会最需要的人才。如果我生活在平凡的家庭里会怎么样呢？应该会受那个家庭氛围的影响，也就是俗话说的“家风”。也许会是个自由自在的家庭，和 NC 完全不同，也许会比这里还要更压抑——崔说的十五分父母组建的家就属于那种吧。从某种意义上来说，普通家庭也许就是缩小版的 NC。和 NC 的孩子习惯遵守规定和管理一样，普通家庭的孩子也会根据各家的规矩和规定行动，不是吗？如同变色龙会根据周遭环境变换身体颜色一般。

电动步道停了下来，门打开，我走向办公室。

“进来吧。”朴说。他一定是通过功能门看到我过来了。

我低头鞠了一个躬。他看着我，嘴角露出了一丝淡淡的微笑：“良十505的面试也定下来了。”

这么晚叫我来，肯定不是为了告诉我这个。

“一定要给他找个很好的人家，护长你也知道那家伙……”我说。

“给你们每一个人介绍好父母，是我们的义务。”

不愧是护长说的话，这句话的意思是聊天到此为止，该进入正题了吧？

“只有这样，业绩才能上去。”我接话。

我很清楚这不仅仅是业绩问题。听说有的馆让一个孩子一天之内“上色”两三次。多促成家庭，业绩才上得去。相较而言，我们馆“上色”的机会不多，明显是馆长不愿意随便给我们介绍父母。

“你要不要喝杯茶？”他问我。

见我摇了摇头，朴本来正要伸向按钮的手一下子停住。他不慌不忙地看着我。就算我的反应再怎么激烈，他也从不会轻易动摇。他慢悠悠地等着我心情转好，刚才说“喝杯茶”应该也是想要缓解我的紧张情绪吧。也是，对业绩说三道四我是有点过分了。

“对不起。”我说。

“你没说错。”

我难为情地笑了。

他用指尖敲了敲桌子：“既然你都说了，倒不如说得更直白些。如你所言，我们的业绩很重要，我们馆的业绩全国倒数。总部下了指令，要我们降低预养者的审核门槛，但也不能让谁都进来……”

他的脸色苍白而又凝重，一边说一边摁下了按钮，桌子正中间透出一道隐隐的圆形光柱，慢慢出现了一幅全息影像，影像越来越清晰。里面出现两个人，是一对三十岁出头的年轻夫妇。

“这个嘛，嗯！说实话，我们一直不喜欢孩子，也有些个人原因，就没要孩子。但这些孩子已经这么大了，要是和我们聊得来，应该不太一样吧？有问题可以通过对话充分解决，不是吗？难道意见冲突会更严重吗？怎么样，老公你说呢？”

女人话音刚落，男人满面歉意似的挠了挠脑袋说：

“‘对话’这词儿挺好的？不是命令，是对话，要是我爸也能这么想的话……”

“现在不是让你说这些的时候。”

女人朝男人翻了个白眼，再次看向正面，两个人对这种情况都很陌生，一副不知所措的表情。

“要是能让我们这样的人也……”女人用一只手臂朝上指指，继续说，“那个，父母面试……我们可以试一次吗？”

“但是，老婆，真的只有这个办法吗……”

“行了，就这样吧。”

“啪”的一声，眼前的全息影像消失了。我出神地看着刚才出现全息影像的桌子，像丢了半条魂似的。我的心情就像是头一回看到下雪的古代非洲人一样——我没看错吗？我看了眼朴，他正尴尬地用手指敲着桌子。

“真是对不住。”朴说。

我没有开口。

“那个……”

“你是想让我和那些人‘上色’，也就是面试吗？”我问。

朴攥紧了拳头。我能感受到，他是真心地对我感到抱歉。他如此流露真情，我看得出他不仅充满歉意，还在压制心中的怒火。

“要是叫别的孩子来，他们可能会受伤。对，我知道，元一你当然也……”

“我愿意，请帮我约他们吧。”我打断他。

朴深褐色的眼眸在不安地眨动，他盯着我说：

“我都不知道该跟你说什么好……”

“不，我不是为了您才答应的。”

他没有回答。

“我是真心满意他们。”我接着说。

我想当面见见他们。我发现自己竟然不自觉地扬起了嘴角，看来我没有骗自己。朴张了张嘴，欲言又止。我从来没有表现得这么积极过，他自然会觉得惊讶。

“他们是目前我看过的预养者中最满意的。”我说。

朴无法理解地摇了摇头，说道：“你很有想法。”

“很有想法”可能是夸奖，也可能不是。他没说我满脑子都是没用的想法已是万幸。当然，没用的想法偶尔也会改变世界。

“我希望你能生活在不被歧视的世界。”朴说。

“这个社会明明就喜欢标识产地。”我开玩笑地回答。

朴的脸色一沉。看来他该学点幽默了。他似乎忘了我才十六岁，我这种年纪才不会为了这种程度的玩笑而苦涩呢。

“你应该慎重考虑一下你的人生。”他说。

我知道他想说什么。但就像我不知道护长们的全部一样，他也不了解我的全部。

“没有人比我对自己的人生更慎重了。”我说。

他没有回答。

“所以我才会十六岁了还没离开NC。”我继续说。

我的余光瞟到他手背上爆起的青色血管，里面流淌的应该也是有温度的血吧。看他冰冷的表情，很难想象他是在什么样的父母身边长大的，又是生长在什么样的环境里。他的父母该有多严格，才会培养出如此无懈可击的原则主义者呢？

和十五分的父母生活与带着NC的标签生活，哪种情况比较好呢？——我想起了几天前崔说过的话，咯咯地笑着说："我觉得没什么不好的啊。"

听到我半自嘲的话，朴的脸上写满了问号。

"至少我有选父母的权利啊。"我说。

他没有回答。

"这世上还有很多孩子连选择的权利都没有。"我说。

我站了起来，椅子发出咯咯的声响往后移。

"请您尽快帮我约时间吧。"

我说完鞠了一个躬，转身朝门口走去。

"我曾经就是那样的孩子。"朴说。

我转过身来，再次看着朴。他脸色苍白，下颌线条锐利，鼻梁高耸，嘴唇紧闭，今天看起来感觉特别地阴沉。他深褐色的眼眸闪烁着凄冷和寂寞的光，整个人像被笼罩在浓浓海雾中的岛屿一般，戴着面纱，不肯示人。

"您这话是什么意思……"

"面试时间定了我马上告诉你。"

朴打断了我的话。我发觉了他眼神中的慌乱，他大概是说了不该说的话。朴再次隐进了雾里。他很了解我，我也多少了解他，他不是有问必答的人。这种时候最好换个话题。

"您工作悠着点，您看起来很疲惫。"我说。

“别担心，我的身体我自己清楚。”

“不，您不清楚，您只是假装清楚。”

他没有回答。

“可别再像上次那样晕倒了被扛走。”

他是个工作狂。他不仅要仔细查看总部送过来的预养者信息，包括身份、职业、家庭成员、兴趣爱好、健康记录等，还要逐项查证。他还要为通过文件审核的预养者判断哪个孩子最适合，然后召集护长们开会，分析预养者们发来的全息影像，最终决定要不要给孩子们看。这还没完。他还得用心倾听孩子们的抱怨，关注孩子们的健康。所以，他本人的健康状况只能一再被忽视。尽管他看起来一脸冷酷，但在我看来，他只是个子高，估计一点力气都没有。明年我要是跟他掰手腕，肯定能赢他——搞不好现在我也有可能赢他？上回他点了好几个孩子的名，说他们体质不好，结果在调查那些孩子的饮食习惯的时候自己却晕倒了，把大家吓了一大跳，也成了笑料。

“有人说千万不要对自己的健康太有自信。”

“谁说的？”

“崔。”

“话是没错，但崔其实最担心的是你们。”

我慢慢摇头，像是在说不，嘴里说：

“崔担心的是……”

朴用他深褐色的眼眸直直地盯着我。

“是馆里的所有人，我们和护长，还有馆长——您。”

我说完，对着朴微微一笑。

到底给你介绍了
什么样的人？

到馆里来参加“上色”——也就是父母面试的人，个个笑得跟朵花似的。他们仿佛在用全身气力呼喊着：“我们真的很爱你。”“我们做好了当父母的准备，想给你一个完美的家。”有些人沉醉于这种感情之中，甚至会哭出来。他们都说，虽然晚了点，但依然梦想着和孩子共度人生，好像要从全息影像中跳出来，一把抱住我一样。

全息影像中，不管男的女的，都穿上了自己最像样的衣服，皮肤光滑发亮，连一道皱纹都没有。当然，这要感谢修图软件。全息影像中，有太多人看起来多情、温柔、亲切，还充满爱意。我可以想象他们为了拍一段全息影像费了多大的工夫，话说一半卡壳，或是说错话都要重拍，不知道要拍多少遍。上过几次色后，我只要一看全息影像，就大概可以猜到他们是什么样的人。

也不知道这是幸还是不幸。

每次听到护长说“还是见一次吧”，我都会摇摇头：“看全息影像都已经让我失望了，难道您是想让我失望得更彻底吗？”

那些人越是强烈地表达感情，我反而越能透过全息影像，看出他们的居心。

“我希望找一个性格好、文静又听话的孩子，我可以马上拿到政府的补助金，然后赶紧让他结婚，我就可以安稳地领养老年金了。”

这么简单的意思，他们偏要用冗长又无趣的话说出来。絮絮叨叨说个没完，说的人累，听的人也累，双方都不耐烦。

“嗯，说实话，我们一直不喜欢孩子，也有些个人原因，就没要孩子。但这些孩子已经这么大了，要是我们聊得来，应该不太一样吧？”她是这样说的。

那个全息影像中的女人很普通，头发扎成马尾，脸上不施脂粉，穿着舒适的运动服。猫着腰站着的男人也一样，好像刚从工作中被叫出来，黑色的围裙上还有斑驳的油画颜料，应该是个画画的人。在他们身上，我仿佛窥见了一种独特的自在。总之，我在全息影像中看过的预养者中，头一回看到有人穿得如此随意，头一回听到有人说话如此坦率。

来参加父母面试，却说自己“一直不喜欢孩子”？她所说的“个人原因”又是什么？应该是钱的问题？和他们没有修过图的全息影像一样，他们的言语和举止也毫无试图遮掩的意思。大部分预养者的目标都一样，就是想享受政府的优惠政策，非要说他们之间的差异，不过是费心遮掩和率真袒露的区别。

如果朴不受业绩压迫，可以自主选择的话，绝对不会给这种预养者面试机会。我能想象朴犹豫了多久才做出这个决定。应该没有孩子看到这样毫无修饰的预养者还愿意去“上色”，就算有人答应了，到头来只会受伤。如果是良十，保准会非常失望。但我被这两个人吸引了，我完全没想到会出现这样有趣的人。

“良十，快把屏幕给关了。”我对良十说。

他吓了一跳，哆嗦了好一会儿。他转过头，像是在无声地问我：“你怎么知道我在看屏幕？”我扑哧笑了，代替了回答。良十关了屏幕。

“你失望吗？”我问。

良十看着天花板说：

“我看全息影像的时候，他们真的看起来很亲切。”

良十从办公楼回来后一直陷入沉思。一般来说，孩子们见过要成为自己父母的人，心情总是有点微妙，有的时候会因为达不到预期而失望。坦白说，这种情况占大多数。总之，上完色回到宿舍楼时，大家的心里都像装了块石头一样沉甸甸的。

“你说了吗？说你愿意去‘上色’。”我问他。

他点了点头。

“没事，你要是不想去现在取消也来得及。”我说。

一个星期内想改变主意的话随时可以申请取消。听说其他馆是三天，我们馆给一个星期。这应该也是朴争取来的吧。

良十又想了一会儿，睁着圆溜溜的眼睛，说道：

“哥，他们家很有钱。”

靠在墙壁上的我突然挺起了腰，问他：

“是朴说的吗？”

朴仔细调查了每个预养者的身份信息，要是他说的，应该是可信的。有钱人很少来NC，这是众所皆知的事实。他们不需要政府的优惠政策。来NC的有钱人都是真心想要孩子，也许是。

他无精打采地点了点头。

“那你还有什么好犹豫的啊？赶紧让馆里给你定日子啊。你不会是想要帅哥美女当爸妈吧？”

“那倒不是……”良十拖长了尾音。

我瞟了他一眼。

“他们年纪有点大。”良十说。

“有多大？”

“差不多可以当爷爷奶奶了。他们有个儿子，但是住在国外。”

良十叹了口气，沉重得完全不像一个十三岁的孩子。

“你说呢，我要不要取消啊？”良十问我。

“为什么取消？因为他们年纪大？谁知道呢，搞不好他们比年轻的预养者还……”

良十晃来晃去地摇头。

“这我知道。他们最多也就六十多岁吧？两个人看上去都挺健康的。爷爷的爱好是钓鱼和做饭，奶奶是旅游。”

“喂，那不就是你希望的父母吗？还有，这年头六十多岁的人，谁会叫他们爷爷奶奶啊？况且他们还有养育孩子的经验……”

他们像是正合适良十的人。果然护长们很了解良十，不，他们了解这里所有孩子。谁想要什么样的父母，什么样的人适合哪个孩子，他们都知道得一清二楚。我突然想到，当这里的一馆之长想必更加辛苦。

“要不你……替我去见见他们？”良十说。

他的话让我心一沉，原来他一直沉着脸的原因是……

“要是他们的话，你就不会有被卖掉的感觉了。你想要的……”

“良十。”

“哥，你不是只剩三年了吗，确切说只有两年零几个月了。”

“所以呢？”

良十的眼神像是暴风雨中的树枝一样飘忽不定：

“我问了护长，能不能把他们让给你。”

我像吞了一块滚烫的生铁，喉咙里发烫。这个家伙比我想象的还要心思细腻，而且善良得像个傻瓜。

“朴怎么说？”我问。

如果朴说可以的话，那我今天起就可以推掉所有面试。不过，要是我用这种不像话的方式拥有父母，那我倒不如当场出馆，一辈子带着 NC 的标签生活。

“他说，其实一开始想要选你，但后来换成了我。他觉得，他们最喜欢的孩子应该会是我。”良十小声嘟囔着说。

听到良十的话，我想起了朴的脸，再次冷静下来。良十天真又善良，比谁都需要爱，他需要可以无条件爱他的父母。那两个人一定会喜欢良十的。

“而且他还说，就算介绍给你……”良十继续说，“你也会推荐我的。”

有个人完完全全地了解我，这种感觉不算太好。但是，有的时候也挺感激他的。感激他明明非常了解我，但却不露痕迹地照顾着我。人们对别人的事情，总是随意开口，轻易下判断。人们往往会错误地以为自己了解的对方就是全部。这些人里面，又有几个人能真正了解对方呢？他们恐怕连自己都不了解呢。

“他都这么说了，你还犹豫什么？”

我边说边寻开心似的拨乱了良十的头发，难怪我老觉得和他同处一室的日子没剩几天了。大人们说的“痛并快乐着”，就是这种感觉吧。

“恭喜你，遇到好的预养者。”我说。

“哥你说什么呢，第一轮的面试都还没进行呢。谁知道呢？他们会不会不满意我，可能看了我的全息影像会失望，直接见面了更失望。”

“你少操这种没用的心。”

良十不知道自己有多可爱，多惹人喜欢。只要看着他，心情都会变好，像是喝了一大杯清爽的冰镇饮料。

“你倒不如想想你想要的名字吧。”我说。

“我想以后和父母商量看看再说，他们可能也有想叫的名字吧。”他笑眯眯地说。

这么单纯的家伙谁会讨厌他。良十一定会得到父母满满的疼爱，在更广阔的世界过上幸福的日子。

“可是，哥。”

“怎么了？”

“朴说到你的时候表情阴沉沉的。你是不是又说不愿意‘上色’啊？大家都急着想要给你找好的父母呢。”

我十指交叉伸过头顶，伸了个大大的懒腰。说起来，有好消息的不只是良十。

“朴没告诉你吗？”

良十眨巴着眼睛，用表情反问我：“说什么？”

“我也快了，‘上色’。”

“你说什么？什么时候？”

“我让朴尽快帮我定时间。”

良十惊讶地大声问我：

“真的假的？哥，你不是一般不肯去的吗？”

我对着良十咧嘴笑着说：

“我也算难得碰上满意的人了。”

也许根本就是第一次，第一次碰上让我这么想要“上色”的对象……

“可我怎么觉得不太对劲啊？”那家伙眯起眼，来回扫视我，继续说，“那为什么朴的表情看起来那么阴沉呢？”

NC 的孩子们都很有眼力见儿。一个表情和眼神，就可以马上猜到别人的心思。连良十这样单纯的家伙都能察觉出来，看来真是环境造人。不，也许冬一就不会这样。

“你什么时候看朴哈哈大笑过？”我反问他。

良十摇头。

“朴每天都这么严肃啊。”

“也对，他还经常流鼻血。”

又流了？我非常惊讶。他看到我的表情，耸了耸肩，意思是“可不是嘛”。也是，朴没日没夜地工作，身体又不好，估计撑不住。

"不过，哥，朴几岁了啊？"良十问我。

我想了好一会儿，无从得知他的确切年龄，从外表来看，估计在三十五岁左右吧。

"三十四五岁吧？"我说。

"他结婚了吗？"

"他怎么可能结婚，他可是以馆为家的人。"

除了保健室值班医师和朴，馆里的其他工作人员都是上下班制的。护长们平时以馆为家，但到了周末，他们都会回家，只留下最少的必要的人。这几个人之中，朴至今一次都没有缺席过。也许他是唯一一个周末还留在馆里，和孩子们一起生活的馆长。

"朴的父母一定很担心他，这个儿子眼里只有工作。"良十说。

也许是，也许不是。我们连朴的年龄都不晓得，更别提他的家庭成员了。

"我想了下啊，哥。"良十稍微看了下我的眼色，继续说道，"朴要是当你爸应该很合适……"

朴作为监护长很有魅力，但要是他有孩子，也许反而会成为一个太忙碌、太不用心的父亲。

"不用你鸡婆！"

"咣"，我说着用拳头敲了下他的头，他斜眼瞅着我。

一下课，孩子们不约而同地按下按钮，收起屏幕。窗外的树在风中摇晃着身子，把阳光洒向四处。运动场上种的树是真的，不是全息影像。窗外的树充满生机，坐在枝头上整理羽毛的鸟儿也是活生生的生命。我正看着窗外发呆，有人拍了下我的肩膀。我回头一看，是冬一，他笑眯眯地趴在桌边。

“你问我有什么比自由地去VR室更棒的吗？那当然是看女生啦。外面的学校都是男女同校，不像B馆清一色都是男的。”冬一回馆后的一段时间里，老是絮絮叨叨地说外面世界的事情。早知如此，不如凑合着在外面过下去，何必回来呢。

“怎么了？”我疑惑地看着冬一。

“你和馆长之间发生什么事了吗？”他问我。

他不可能知道我的日程安排，护长们给谁在什么时候安排了面试，都是保密的。但没有用，我们之间一般会大方吐露自己什么时候和什么样的人“上色”，结果如何。但就算如此，这次我要“上色”的事，除了良十之外应该没有人知道。良十也不会嘴碎地到处乱说，那么冬一这家伙又是怎么知道的呢？不，我又想了想，冬一的意思是，我和朴之间有没有发生什么事情。

“你什么意思？”我反问，盯着冬一的脸。这个时候不先开口才是上策。

冬一一脸事不关己地挠了挠后脑勺说：

“昨天朴和崔吵架了，提到了你的名字。”

“他俩吵架？”

“说吵架也算不上，就崔一个人自己吧嗒吧嗒。”冬一边说边用手比出一个鸟嘴的形状，配合着“吧嗒”声一张一合。

他是指崔单方面地责备朴的意思吗？可是，等等，他们两个人吵架，这家伙又是怎么知道的呢？我们的行动半径最多不会超过学校、宿舍楼和大礼堂，仅此而已。护长们主要在馆里的办公楼上班。有人申请面谈或需要来管理秩序时，护长也会时不时来宿舍楼，但他们的主要活动范围还是办公楼。他们两个人在我们宿舍楼里吵架也说不过去。况且还不是其他人，是馆长，他怎么会在冬一面前抬高声音呢？

“他们两个人吵架，你又是怎么知道的？”我问。

他挠了挠太阳穴，怪笑着说：

“我在VR室里玩游戏时，和一起玩的人打起来了，超级倒霉的是还被黄发现了，他让我写检讨，而且得亲笔写，倒霉透了。你知道反省室换地儿了吗？本来是在体育馆旁边嘛，现在体育馆要扩张，所以那边清空了，反省室就移到办公楼里了。”

反省室是馆里用来忏悔和自省的房间。如果我们违反宿舍规定、惹了麻烦，或是使用暴力，会被没收全能表，然后到反省室写检讨书。我模模糊糊地记得似乎看到过通知，说为了扩建体育馆，把反省室移到了办公楼里。

我用眼神示意他继续说，冬一继续说道：“黄给了我一支笔一张纸，然后就一溜烟出去了，我本来就没什么可写的，让我用笔写就更写不出来了。突然我听到外面好像有点吵，然后我看了下发现，反省室原来是馆长的办公室改的。办公室里本来放了张简易的床，让馆长休息，现在把这个角落隔出来，砌了一堵墙，加了扇门，就成了反省室。”

“他的办公室？”

那家伙点了点头。啊，原来是这样，牺牲自己的休息空间改成反省室，然后给孩子们扩充体育设施，果然是朴的作风。

“后来呢？”

冬一挑起一边的嘴角，嘿嘿地笑了，意思是“你觉得我会怎么做”。办公楼的保安系统可以自动识别护长们的声音，护长的声音既是钥匙也是按钮。不过为了防止偶尔出现故障，还是配了遥控器。本该写检讨书的冬一正好看到了遥控器。不知道为什么，遥控器竟然大剌剌地放在桌角。冬一马上拿起了遥控器，按下保安按钮，反省室的门“嗖嗖”一下变成了玻璃——这是功能门的功能之一，透过这里可以看到整间办公室。朴和崔不知道冬一正透过门看着他们俩。冬一吞了口口水，他做好了准备，一分钟按一次遥控器的保安按钮。

“您这么重视原则的人，怎么连会议都不开，就给元一 301 看那个全息影像呢？那两个预养者连最基本的条件都达不到，您怎么能给他们面试的机会呢？”崔说。

“你声音放低点。”

“您要让元一当‘牺牲羊’当到什么时候？您就没想过他会受伤吗？元一已经没有时间可以浪费了。这种不靠谱的面试，只会让他把心扉关得更紧。业绩有这么重要吗？您就这么渴望提高业绩吗？宁愿把孩子们丢给那些不够格的预养者？”

崔越生气，嗓门越高，而朴向来冷静，只是说：“这是他自己想要的。”

“我一直以为您比谁都担心元一，不是吗？”

朴看着她，双眼闪现出一道寒光，说道：“元一是个聪明的孩子。”

“他不说不代表他不受伤啊。我的意思……”

朴不吭声。

“您应该比别人更懂他的啊。”

崔说完，猛然一转身，离开了办公室，朴一下子瘫坐在椅子上。

“喂，你在听我说话吗？朴到底给你介绍了什么样的人啊？”

冬一的大嗓门让我一下回过神来。怎么想都觉得，我的选择让朴为难了，让馆长被崔——还不是其他人——误会了，这对我来说，有点不太好。

“没什么特别的。”我说。

冬一疑惑地歪了歪脑袋：“那个崔好像很讨厌朴。她对我们非常宽容，唯独对朴特别冷淡。上次在餐厅里你也看到了吧？”

那天，我和其他几个孩子坐在护长们的隔壁桌吃饭。朴突然放下了勺子，坐他对面的崔看了一眼他吃剩一半的餐盘，朴的视线正瞄向几个正在餐盘里划拉饭粒的孩子，他们都比较瘦弱。

“我们应该重新检查一下营养餐的菜单，营养餐是给那些体检时身高和体重不达标的孩子准备的，但好像不太对他们的胃口啊。学习成绩和准备父母面试虽然重要，但健康还是应该放在第一位。馆里的孩子一旦接触到被污染的环境，抵抗力很容易下降。现在又是季节交替的时候，我们一定要特别留意孩子们的健康问题。”朴说。

其他护长顺从地回答“是”，只有崔“扑哧”一下笑出声来。馆长问她：“你笑什么？”崔指着朴的餐盘说：

“您好像没资格说这种话吧？”

崔说完从座位上站起来，走出了餐厅，椅子在地上拖出刺耳的声响。朴惊讶地看着崔的背影，久久不能收回视线。

“那天也是崔给朴将了一军，对吧？说不定啊，馆长也在摩拳擦掌呢。朴虽然看着像个老好人，但老是被找碴儿，搞不好哪天也会爆发呢。”冬一说。

从表面看，崔确实是在找朴的碴儿，但这会不会是她对他的另一种关心呢？崔对我们宽厚，是因为我们是需要被保护的未成年人，她的角色是保护者。但对崔而言，朴是一起工作的同事，也是上司。就算他是馆长，崔也不会一味奉命行事，一声不吭。

“你怎么每次去 VR 室都要和别人打架啊？”我对冬一说。

我和这家伙玩游戏的时候也吵起来过，他一玩起游戏来就什么都顾不上了。

“那家伙太蠢了，看到我冲在前面，他就应该断后嘛。他还以为我跟他一起玩是为了带他升级！”

我听后笑得前俯后仰，冬一看着我一脸惊讶。

“你俩是谁先说一起玩的？”我问他。

“呃，提议一起玩的人当然是我。”

“所以打架也是因你而起吧？”

我刚说完，那家伙皱紧了眉头说：

“你这是在跟我找碴儿？”

“我找你的碴儿也是因为你啊……”

冬一不耐烦地站起身来。课间时间结束，上课铃响了，趴在桌子上的孩子们一个个支起了身子。我按下按钮，桌上慢慢升起了屏幕，我打开“NC 中心”的窗口，点击“申请面谈”，在护长中选择了崔，然后输入了面谈时间。

屏幕显示“该时间段可选”。

过了一会儿，崔发来的信息开始闪烁。我关掉了全能表。

身份证号

小帮手在桌上放了两杯咖啡。崔把椅子拉近，坐了下来。窗外可以看到晚霞。门外，小帮手正在打扫走廊。听说家用小帮手工作时几乎是无声的，而NC的小帮手却又大又笨重，发动机的声音也大。崔默默地拿起咖啡杯，瞄了我一眼。小小的面谈室里咖啡香味四溢。

“你不申请我也想叫你来一趟的。”她笑着说，然后放下了杯子。

我沉默地低着头，看着白色的圆桌。虽然是我申请了面谈，但要说什么，该怎么说，我毫无头绪。我本想告诉她这件事不是朴的错，但却说不出口。他们应该认为，在办公楼里吵架的事情谁都不知道。或许崔真的相信，朴是为了追求业绩才强迫我接受那不靠谱的“上色”吧。不管怎样，我希望崔不要误会朴，他的选择也是被逼无奈。总部持续施压，他一个馆长能做主的事情并不多。我看到他在我面前握紧了拳头，袒露真情，能够感受到他对我的负疚感。其实他不需要如此，我明白他的真心就够了……

“我马上要进行父母面试了，您听说了吧？”我说。

崔点了点头，视线慢慢往下移到咖啡杯上。

“为什么人们不愿生孩子呢？”我问。

似乎没想到我会这么问，她一脸愕然。

我喝了一口苦涩的咖啡，胃有点不太舒服。这个问题虽然不好回答，但并非没有答案。

“据说，很久以前，牛犁地，人种田，当时一个女人会生很多很多孩子。据说，那时的人们认为‘多子’象征着希望。您觉得这是什么原因呢？”我继续问她。

崔静静地听着，似乎想要理解我提问的意图。

“因为在那时，孩子等同于劳动力。那个时代职业的选择很有限。换句话说，是非常需要小帮手的时代。”我自问自答。

女孩子帮着妈妈照顾弟妹、做家务，男孩子去水田、旱地、森林和草原劳作。家里人口越多，可以管理的土地就越大。想要扩大生产、积累财富，就必须生尽量多的孩子。但突然间，世界发生了翻天覆地的变化。

“接着，在学校里接受教育来获取丰富知识的时代到来了，靠知识就可以赚钱。那时的人们只想生一两个孩子，尽可能把他们培养成优秀的人才。以前孩子多，没有足够的资源让他们接受教育，子女数量减少之后，相对可以投入的资源就增加了。”

生育要靠奖励才能解决的“人口断崖”时代来临了。

“我偶尔也在想，考虑到遗传基因的话……生下我的父母应该和我有相似的性格。当他们发现自己有了孩子，应该仔细地考虑过孩子会对他们的人生产生什么样的影响。最终，他们判断自己不需要这个孩子。当然这一切都是我的想象，或许两个人的关系根本就没有这么密切，可以面对面地坐下来讨论这种问题。他们把我的存在忘得一干二净，而我，却继承了他们带刺一般尖锐的性格。如果我在这种父母身边成长……我的生活也许舒坦不到哪里去。”

说完之后，我觉得自己心里头的一个角落亮堂了起来，不禁“扑哧”笑出了声。是啊，有个像只刺猬一样的儿子，一点都不会撒娇，当爸妈的肯定觉得很没意思。

崔没有说话，仿佛在细细咀嚼着我的话，她用表情问我“你到底想说什么”。

“孩子好像是因为父母需要才生下来的。”我继续说。

她还是没有开口。

“就像那些预养者，也是出于自己的需要才来找我们。”

“可是，元一，父母并不是因为需要才……”

“您想说是出于爱吗？”我抬起头，望着崔的眼眸，继续说，

“那您举个例子，哪种爱？”

崔好像有些慌张，她咽了一口唾沫：“真心待你好，疼惜你。”

“您是说那种嘴上说着为你好，其实是想压制你、管教你的那种假惺惺的爱吗？”

爱到底是什么，我也不清楚。NC里当然也有严格的规定和规矩，但只要不违反规定、不伤害别人、不使用暴力，护长允许我们做任何事情。

“干脆说清楚，这些不是为你好，是为我自己好，这样不是更直接吗？”我说。

崔没有回答，只是静静地听我说。

“如果问我想要选择什么样的父母，我会告诉你，我想要一对不掩饰自己情感的父母。我讨厌那些把自己包装得道貌岸然的人，所以我很期待这次的父母面试，搞不好他们和我很配呢。”

“馆长很担心你。”崔说。

你很担心朴，我想说却没有说出口。大概是我自己良心受谴责，才说个没完。

“他有多担心你，就有多信任你。”她又说。

我没有接话。

“我现在大概能明白他为什么这样做了。”

我走到门外，正好小帮手经过我的身边。馆里到底有几个小帮手？还是应该说几“只”小帮手呢？生活在外面世界的人们认为我们有几个人呢？还是认为我们有几“只”呢？这是毫无意义的想法吗？小帮手具备不同的功能和种类，人们总是尽量寻找适合自己的小帮手。说起来，这和馆里的孩子们选择父母是同样的道理。但是，真的会有完美适配的父母吗？

我走下电动步道时，看到朴站在走廊上等我。迄今为止，他还从没在走廊上迎接过我呢。他总是在面试间里，和预养者一起等着我。发生了什么事让他到走廊上徘徊呢？我移动脚步，走近他。

“元一 301。”他说。

我没回答，只是点了点头。

“现在起我说的话，你好好听着。”

他和平时不一样，神色很紧张。我不禁吞了口口水。

“面试的时候我最强调的是什么？”朴问我。

“对预养者的礼貌。”

护长总是强调面试时要讲礼貌、要顾及对方。就算对预养者不满意也绝对不能当面流露出来，这是“上色”的第一个原则。还有回答问题要慎重，不可以只说一个字，这样太没诚意。反之，对方没有问的问题，也不可以全盘托出说个不停。无论多么满意对方，也必须先告诉护长，再决定接下来的安排，不可以与对方私自约定一对一的面试日期。

我在脑海中仔细回想了面试的规定。朴长长地叹了一口气，再次说道："元一。"

我盯着他深褐色的眼眸。

"你今天，可以不用讲礼貌。"他说。

我没有接话。

"面试到一半要是不满意，你可以直接甩手走人，不想回答的问题就不用理睬，出了问题我来负责。我说的你懂了吗？"

先做一个好孩子，才能遇到好父母；善良正直的人品比优秀的性格更重要。护长们最警惕的事情就是没礼貌和使用暴力，他们绝不放任任何伤害别人的行为。只考虑自己的自私行为也会被警告。想要和别人共组家庭，需要培养一颗体谅别人、理解别人的心。因此 NC 的孩子对来面试的预养者，绝对不会流露出任何明显的不悦之情，不管讨厌还是喜欢都会隐藏得好好的。就像上门来的预养者保持着夸张的微笑一样，我们也会维持乖巧亲切的模样。不过面试结束后，护长们会要求我们做出坦率的评价。如果孩子表示失望，护长们就会郑重而有礼貌地拒绝预养者。这些都是监护长们的工作。

万一我今天"上色"时，一脚踹开椅子走出面试间，或是违反规定让预养者不高兴的话，不用说，这个情况马上会被通知给总部。面试是实时记录的，要是总部认定有问题，那么作为馆长的朴就有可能会因为对孩子管教不严而受到惩罚。

"元一，回答我。"

“我知道了。”

他点点头，用白皙纤长的手指按住了我的肩膀。

门一打开，最先映入我的眼帘的人是崔。目前为止还从来没有两名护长一起陪着“上色”的先例。接着，我看到那两个之前在全息影像中看到过的人。

“二位好。”我点头鞠躬。

他们看了我一眼。

“你……你好。”男人尴尬地笑着说。

他有一头乱蓬蓬的头发，穿着破洞牛仔裤，运动鞋又旧又脏，身上散发出一股浓重的油画颜料的味道。和他并排坐着的女人也是一副刚从家里出来的样子，和全息影像里一样自由散漫。她素面朝天，头发在后脑勺扎成一束，穿着一件领口松垮的T恤，五分裤和运动鞋，都和全息影像里一样。我看惯了西装革履、精心打扮的大人，第一次看到这么自由的灵魂，很是新鲜。我想起朴对我说过，不用对没礼貌的人讲礼貌，但这两个人并没有让我觉得没礼貌。

“我是徐依依，他是李日升。”

女人先报了他们的名字。

“我是元一301。”

听到我的名字，两个人短暂地对视了一下，再次看向我的时候，似乎在问我这名字什么意思。什么嘛，这些人，难道来之前对 NC 一无所知吗？我的太阳穴一阵发紧，仿佛感受到一道冰冷的视线。我转头看向朴。

“没必要说。”朴的眼神对我说。我看懂了他的眼神，朝两个人微笑着说：

“是我一月份进来的意思。一月又叫元月，所以男生叫元一，女生叫元元。后面的数字是我的专属代码。”

“就跟我们的身份证号一样吗？”男人自言自语似的嘀咕。

“大概是吧。”女人回答。

你们竟然被称作数字啊，人们听到我们的名字后都会纷纷流露出同情的神色，却忘了自己一样也是被数字管理着。他们是目前第一个把“301”这个数字与自己的身份证号联系在一起的。

现在该怎么办呢，女人不知所措地看向崔。

“先坐下来吧。”崔说。

听到崔的话，两个人犹豫着把屁股搭在了座椅上。我拉开椅子，崔马上走到我身边坐了下来。今天坐在我旁边的人和平时不同，不是朴。朴直挺挺地站在面试间的角落里，视线死死地固定在那两个人身上。我大概明白为什么朴非要让崔坐到我的身旁。

“面试到一半要是不满意，你可以直接甩手走人。”

朴虽然在任何情况下都能保持冷静，但有时候快速的决断比冷静更有用。这种场合要是出了什么难堪，崔最能够应付得来，因为她不会掩饰感情，处事又灵活。

“二位想喝什么茶？”崔问。

你呢？男人用眼神问女人，见女人犹豫不决，于是他选择了果汁和碳酸饮料，然而并没有问我想要喝什么。崔像是叹了口气似的轮流看着两人。很快小帮手进来了。桌上依次摆上了果汁、碳酸饮料、咖啡，最后是冰水。冰水是崔点的。

“那个小帮手，挺酷的嘛！好大呀。”

“这要多少钱啊？很贵吧？”

小帮手离开后，两人热烈地讨论起小帮手，似乎完全无视坐在对面的我。崔清了清嗓子，示意他们停下对话，女人马上露出“哎呀不好意思”的神情，笑了起来，问道：

“对不起。那么，我们现在该说什么呢？”

崔扯了扯嘴角，微微地颤抖着。这两个人啊，你们不知道父母面试吗？没有受过教育吗？这时候不是应该跟孩子说说你们是什么人吗？

崔的眼里射出寒光，勉强笑了笑，为他们打开了话题：

“请二位简单介绍一下你们的情况，要是能谈一下你们为什么来 NC 的背景会更好。”

两人的视线再次交织在一起。这两个人啊，真的是没做任何准备就来了这里。到这个地步，我完全理解为什么朴会对我抱歉，崔会对朴发脾气了。

“我在一家出版公司做编辑，日升是平面设计师。虽然这个时代，只要有一个全能表随时随地都能看屏幕，不过还有少数人仍然喜欢看纸质的书，也有人把书作为珍贵的艺术收藏品，我们为这些人而工作。”

“哎，我当时推荐你为古典艺术品系列做企划，你不是还誓死反对来着吗？”

男人感觉很遗憾似的，边说着边咂了咂嘴。

“我讨厌赶流行。”女人眼睛一斜。

“谁说要你赶流行，我是希望你能做属于你自己的……”

“我才不要。我最烦那种一说这个好就一堆人拥过去凑热闹。”

“大家都拥过去的地方才有钱赚嘛。”

两人你一言我一语地争执起来。崔赶紧又清了清嗓子。今天崔的嗓子可真是清了一次又一次啊。女人又是一副“哎呀不好意思”的神情，顶了一下男人的手臂。

“不过我们两人一年前都辞职了。”男人说。

“为什么呢？”我问。

男人难为情地挠了挠头。

“依依说想要自己写东西，我想要画自己的画。”

“我们太鲁莽了，两个人一起辞职了。”女人接话。

男人马上换了一副不高兴的表情，嘟囔道：“我也不知道我爸会那么生气。”

"所以呢，二位为什么会来 NC？"我又问。

崔的杯子里响起了冰块碰撞的声音。女人稍微看了下崔的脸色，男人掩饰不住地紧张起来。

"如果领养 NC 孩子的话……"女人支支吾吾地说。

"第一次面试只是简单打个招呼，大部分人都是见一面就结束。总之，今天到此结束比较好。这个问题到了下次面试再慢慢说也行，等你们想好了再说吧。"

崔的语气很坚决，说完站了起来。我还是第一次就这样结束了第一轮面试。说短也太短了。我冷冰冰地看着崔。那两个人也站了起来，椅子被往后推开发出"咯噔"的声音，尴尬的面试间里弥漫着微妙而又陌生的气氛。

"我们是不是没做好准备？要交的文件也是匆忙找出来的，全息影像也是匆忙拍了发的，我们完全不抱期望能通过。其实，在做准备的时候我老是想起我妈。我总在想，要是由我来面试我的妈妈，会是什么心情，想得我都睡不着。你是不是也是这样？"女人问男人。

"我妈倒还好，问题在我爸。"男人如出一辙地说道。

"总之见到你很高兴，元一 301。"

女人嘴上说着，但没有向我伸出手。她应该不知道第一次见面禁止身体接触的规定，只是怕我不舒服才没有伸手。

"我也很高兴见到你。这里不像别人说的那么奇怪，挺好的，比我想象中的还棒呢！”男人说。

“二位慢走。”我向他们道别。

话音刚落，后门就打开了，一个小帮手出来为两人带路。门一关上，崔马上拿起桌上的冰水咕噜咕噜地喝起来。

“这么没头没脑的人以后还……”

崔话没说完就紧紧地咬住下嘴唇。

“你辛苦了。”朴也一脸凝重地对我说。

“什么时候可以进行下一轮面试？”

我的问题并不是太让人惊讶的问题，但他们两人都僵住了。

“你们为什么不问我给他们打几分？”

沉默。

“八十五分。”我自问自答。

“元一，不好意思，我现在不想和你开玩笑。”

“你见过我拿打分开玩笑吗？”

“元一。”

崔一脸不解，打断了我的话。

“帮我约下一轮面试吧。今天谢谢了。”

我向两人道别，然后离开了面试间。我装作没听到崔在后面叫我，赶紧搭上了电动步道。我突然有个想法，想要没有护长陪同地和那对预养者一起散散步。我要是告诉护长这个想法，他们会说什么呢？真奇怪，我老是想笑。

我用全能表玩了一会儿游戏，门铃响了。

“有人来了。”良十说。

我喊了句“保安”，门变得像玻璃一样透明。

“啊，是护长。”良十叫出来。

“开门。”我说。

门开了，朴朝我们微笑了一下，走了进来。

护长们监督着馆内的一切，偶尔会突然造访宿舍楼，不做提前通知，但很少有护长这么晚了还来宿舍楼，来了解孩子们的事情。我关掉全能表，从床上坐起来。良十点头鞠躬，朴先向他走近一步。

“良十 505，下周有你的第一轮面试，具体安排我明天告诉你。”

良十满脸兴奋，两眼放光地说：“怎么办，我好紧张。”

“有什么好紧张的。”我说。

“我紧张是我的事，你少管我。”良十嘟嘟囔囔着。

朴温柔地抚摸着他的头说：“没什么好紧张的，他们都是好人，你放心吧。”

第一次面试预养者就能成功，就和看到朴笑得如此开心一样罕见，但也不是什么不可能的事情。朴也是人，偶尔也会笑吧。这是不是也意味着，可以期待一下这次会足够幸运让那对预养者成为良十的父母呢？

“你是来跟我说这个吗，专门？”良十看着朴的脸，拖长了尾音。

“我顺道来看看你们是怎么生活的。”

朴环顾着我们狭小的房间。房间里只有床、书桌和衣橱。其他人好像都会在房间里贴些喜欢的明星的照片，我们对那些东西没兴趣。打扫和洗衣服全部都由小帮手包办。我们的房间不仅干净，简直是有点空荡荡的。

护长看了一圈，视线停留在我书桌上的一本书，问道：“这是什么书？”

朴走到书桌旁，拿起我正在读的书。这是我几天前从图书馆借来的书。大部分孩子们都看电子书，但我喜欢从图书馆借纸质书来读。旧书的味道真好，用手一页一页翻书的感觉也不赖。听着在书橱里翻找书本的声音，闻着纸质书那种特有的味道。似乎科技再怎么发展，纸质书也永远都不会消失。

“是一本叫《征服者亚伦》的小说。”我回答。

朴的眼神里充满了好奇。

“猴群中有只叫亚伦的公猴特别强势，它打败了猴子的头领，自己称了王。亚伦夺得王权后，最先做的是将前任头领的子孙赶出猴群，杀死他们。他是害怕，怕那些猴子猴孙哪天又长成健壮的公猴，回过头来攻击他。你猜后来会怎么样？”我说。

朴没有回答，耸了耸肩。

“过了几年之后，一只名叫邓肯的猴子当年侥幸从亚伦的手中逃生，远离猴群独自成长，它以同样的方式打败了亚伦，而且它做了和亚伦之前同样的事，把头领的子孙全部赶尽杀绝。”我说完，苦笑了一下，“当然这次还是有只小猴子存活下来，是一只又小又弱的公猴，叫埃德加。”

朴点了点头。

“邓肯尽管成了王，但一辈子都不得安宁，即使那只叫埃德加的猴子又瘦又弱小。”

朴仍然不说话。

凭借强悍的力量夺得权力，将前任首领的子孙赶尽杀绝，践踏弱小的对手。可惜，胜利无法永恒。

“因为邓肯不知道哪天埃德加又会卷土重来，来咬断他的脖子。”

朴好长一段时间什么话都没有说，只是盯着我看。他的视线似乎越过了我，停留在自己记忆中的某个片段。要是我不叫他，朴也许会像尊蜡像一样，一辈子就这么站着。

“护长。”我叫他的声音让他浑身一激灵，像刚从白天的小憩中惊醒一样。

“有趣的书。”朴终于开了口，但他的视线还是很空洞。

我看着朴，有种不真实的感觉。这时，良十的全能表吵闹地响了起来，我也回过神来。

“荷六说他要找我。”良十也感受到气氛变得微妙。这家伙一向会察言观色，他应该看出来朴有什么话想要对我说，他问：“我可以出去一趟吗？”

朴点点头。良十随即离开了房间。现在，这里只剩下朴和我。我想，该到直面正题的时候了，于是先开了口：“您现在说吧。”

朴本来正低头看书，这下终于看向我了。

“你知道我要说什么吧？”他说。

当然，我一看到朴站在门外的样子就已经预想到了。

“那两个人完全没有做任何准备。”

他的声音同平常一样低沉而又冷静，但我可以感受到他语气中的后悔。我朝他走近一步，问道：

“来这里的其他人都做好准备了吗？”

我想知道朴所说的“准备”是什么意思。成为父母，究竟意味着什么？迎接孩子的准备又意味着什么？准备好就能成为好的父母吗？当然我该知道朴在担心什么。迎接新的家人，实际比想象中要复杂和艰巨。

“了解 NC 和馆里的孩子们是怎样长大的，为了父母面试准备材料，录全息影像，学习怎样在各种测试中拿下高分，还有了解访问的条件是什么，事前培训会以什么方式进行……”我说。

我列出来的这些事项，其实连我自己也不太清楚，究竟要满足什么条件才能来这里，具体的内容只有护长们清楚。必须没有前科，确认是当地的居住者，还要通过NC出的各种心理测试，除此以外还有许多条款，我知道的只有这些。

“预养者们就像刚认真读完育儿书籍，觉得好啦，差不多可以生个孩子了的人，是不是？”我继续说。

朴沉默。

“世上没有哪对父母可以提前做好完美的准备。”

朴仍旧沉默。

“父母和孩子之间的关系是创造出来的。”

我想起和良十聊过的话，也许在不知不觉间，我也受到了他的影响。

“我们所做的事就是为了让这个关系朝好的方向发展。”朴说。

当然朴的担心也不是不能理解。之前遇见的那对年轻预养者对NC简直是一无所知，难以相信他们如何得到访问NC的允许。也是，读了一本育儿书的父母，比那些完全不读育儿书的父母起码还是要强一些。起码这算得上是他们对孩子倾注兴趣，想要好好养育孩子的证据。但是有时候，这种准备反而会适得其反，让一些孩子不是照着原本的样子成长，而是成为父母规划的样子。

“护长，我们不是孩子了。您知道十二岁以后选择父母意味着什么吧。”

朴沉默。

“这个年纪的孩子，哪怕是面对父母，不行就是不行，不对就是不对，有话可以直说。护长不是一直这样教育我们的吗？”

当父母的，也许会经历身为父母才有的脆弱，甚至崩溃吧？他们会撒谎，会做出错误的判断，就像冬一的前任父母一样。有些时候，我们需要给父母带路，需要把我们的肩膀借给他们。这都是护长教给我们的。

“我不想要那些西装笔挺、礼貌用语倒背如流的人。我想要的父母是在我说话的时候，他们能说，哦，是吗？要不换别的事做做看？”我说。

我对之前遇到的那对年轻预养者几乎一无所知，因为总共就说了几分钟的话，但第一次见面我就有了种微妙的心情，觉得也许他们能够真正理解我。

“护长，您就没有那种，不需要理由就喜欢的人吗？”

朴仍然沉默。

“决定父母的选择权完全是在我们手上，不是吗？”

“是的。”

“那么，请您让我进行第二轮面试吧。”

他思考了一会儿，无力地点了点头。

“如果你这样想，我尊重你。很晚了，你休息吧。”

“护长。”

朴再次转身面向我。

“您的脸色很不好，该不会是因为我才这样吧？”我对他说。

朴没有说话。

他应该不仅仅是因为疲累，平时再怎么累，眼神还是非常犀利的。但这会儿他的眼神看起来很浑浊，脸上全无血色。

“你要是那只活下来的小猴子埃德加，会怎么做呢？你也想像邓肯一样，成为一只复仇的公猴，然后回来打败现在的头领吗？”朴突然问我。

听他这么一问，我一下子想到这本书的作者为什么把最后活下来的小猴子取名为埃德加（Edgar）了。

“最后活下来的小猴子名字叫埃德加，‘埃德加’这个名字的语源是‘制造幸福的人’，大概是这样吧。这个家伙如果聪明的话，应该不会像亚伦或是邓肯那样带着报复心，痛苦不安地过一辈子。它的幸福在它自己的手里。”我说。

朴的嘴角泛起了微笑。这时，走廊响起了良十的声音。看来那家伙即将迎来第一次“上色”，充满幸福的憧憬。我想象着他在江边，和父母一起钓鱼的画面。

大人未必要有
大人的样子

“上色”回来，良十脸上的表情不太开心。他气鼓鼓地，一把拉开门，瘫倒在床上，两颊嘟了起来。看起来面试的情况不太好，我不敢贸然开口。毕竟第一次面试很难成功，明明那两个人条件很好，和良十也很配，难道是护长撒了谎？不，不可能。验证身份是NC的铁律。是不是代沟超过了良十的预想，所以失望了？还是他们不如良十期待的那么温柔？我的眼睛看着书，注意力却全在良十身上。

“护长真是太过分了。”

良十气恼地嘟囔着。也许是护长失误，让良十在面试上见到了别的人？如果那样的话，事情就真的很严重了。孩子们对想当父母的人的第一印象，会在脑中留下长久的记忆。在终结馆里，十三岁是馆里排在第二小的年纪，是很容易受伤的敏感时期。因此孩子们的第一次父母面试是全馆护长开了一次又一次的会议之后才决定的。像良十这样稚嫩又敏感的孩子，更要进行详尽的准备。今天良十就算大笑着走进来，我都丝毫不会惊讶，可他竟然在发脾气。我实在沉不住气了，啪的一声用力把书合上，问道：

“良十，你到底怎么了？”

“呜呜，他怎么能这样……”良十说。

都说马有失蹄，是不是朴有什么失误？我下了床，走到良十身边，劝他：

“看来护长有什么失误吧。虽然可惜，但你还是理解理解他吧，毕竟总部逼他逼得紧，而且就算护长们提前审核时，判断那些人不能通过，但只要他们的材料没问题，总部还是会认可他们来参加‘上色’的。”

也是多亏这样，我才能见到像依依和日升这样特别的人。要是以前，那两个人在护长那道关就被踢出去了。我拍了拍良十的肩膀，继续说：

“良十，你就忘了吧。你也知道，第一次面试是很难成功的，就当这次是练手吧。”

“哥，你在说什么啊？”良十瞪圆了眼睛。

“我能说什么呀，不是给你鼓鼓劲儿嘛。你也别太埋怨护长们了，他们想给你介绍好人，比谁都辛苦，日日夜夜地……”

“那两个人，真的很好，比我期望的还亲切、还要好。”

这次轮到我瞪圆了眼睛。

“奶奶说连我的衣服都买好了。爷爷听说我爱滑帆板，说他也要去学一学，应该先学起来。他们买了好看的衣服想送我，还想做好吃的便当给我，但第一轮面试不准带礼物，所以他们只能空手而来，一直说对不起我。面试时间太短了，我本来还想多跟他们说几句的。”良十说。

听他这么一说，我脑子里像拼图撒了一地。到底是怎么回事？我有点搞不清楚状况了。明明刚才他那么愤愤不平，就像刚结束一场最糟糕的“上色”一样，可是现在他的眼睛简直要变成桃心形的了。这家伙在搞什么？

“你的意思到底是好，还是不好啊？”

“你知道最神奇的事情是什么？我的脸就像取了他们两人的长处一样，奶奶的眼睛和我一样圆溜溜的，爷爷的厚嘴唇和我一个样。这就叫缘分吗？对吧？这就是缘分吧？”

我把重心放在右腿上，歪着身子，双手抱胸，咬紧了嘴唇。他第一次面试就遇上了好的预养者，没什么比这个更值得高兴了，可我却笑不出来。

“良十 505。”

良十不好意思地笑了，脸上写着“怎么了哥”。

“既然这么高兴，那你为什么刚才进来的时候气鼓鼓的？你不是说护长太过分了，我还以为你和奇怪的人面试了呢。”

“啊，护长真的是太过分了！”

“到底怎么回事？”

“不是啊，本来还想再聊五分钟，可是护长非要卡着时间喊停，太不像话了。不仅这样，他们又不是说要抱我，只不过想牵一下我的手，护长竟然说不可以有身体接触。哼，怎么会有人这么不近人情！”

我无奈地笑了。哎呀，这个小家伙！

“护长就是那样的人啊。他正是因为有你讨厌的直性子，才为你找到了正合适的父母啊。”

我说完用手指弹了下良十的额头，发出“哒”的一声脆响，回荡在小小的房间里。

“哥，我要告你暴力罪！”

“你去告吧。”

“你怎么没问我有没有申请第二轮父母面试？”

“等你把挂到耳朵上的嘴收回来我再问吧。护长怎么说？”

那家伙害羞地挠了挠头，傻呵呵地笑了，模仿着朴的口气说：

“恐怕明年不能和你一起去海边旅行了。”

是啊，到了那时，良十就该和父母一起去旅行了。

“哥，我觉得护长吧，像是一次都没穿过的新衣服。”

“新衣服？”

良十点点头，说：“整整齐齐的，没有一点皱褶、一点灰尘。

去年，我们去海边旅行的时候，其他护长都下海和我们一起玩，只有朴坐在不远处看着我们。崔不仅游泳，还玩沙滩球呢。”

NC中心每年夏天和秋天会去海边或山上旅行，外人一般以为是某个学校来集体旅行。那天，所有人都在一起通宵玩乐嬉笑。但在这样的嬉闹喧哗中，只有朴一个人孤零零地整理文件，或是安静地看书。良十说朴像整齐的新衣服也算有点道理。

“喂，朴也是人。”

我拨乱了良十的头发。我老是想起朴阴影下的脸，像幻影、像光的残像……是啊，朴也是人，也会因零星小事而苦恼，也会累，是和我们一样的人。

我已经记不起来上一次进行第二轮父母面试是什么时候。久违的第二轮父母面试，感觉像是拿出小时候玩过的玩具一般。不过，实际情况恐怕没那么温馨。

当我打开面试间的门，房间的正中站着崔。第二轮父母面试比第一轮更重要，双方做完了介绍，自然该进行更深入的对话。有些预养者可能会有一些失误或习惯动作，孩子们不一定能发现，但一旁的护长都会仔细地观察。有时一句无心之言反而更容易暴露本性。

那是很久以前的事了，一对衣冠整洁的夫妻来到馆里，两人大概四十多岁。他们的财产、职业、家庭背景样样没得说。男人穿着笔挺的西装，女人穿着端庄的连衣裙。两个人和蔼又亲切，态度很认真，眼神温和。和他们“上色”的孩子对他们很有好感，打的面试分数也很高。十天后进行了第二轮面试。和第一轮面试只是相互简单问候不一样的是，第二轮面试中孩子得和这对夫妻谈一些比较私人的事情。面试当天，男人和女人都穿着整洁的正装。女人四十五岁，留着一头齐肩的长发，又黑又直，皮肤光滑。但馆长发觉，越聊越不对劲。女人说话时，梳得整整齐齐的头发不时有几缕垂到胸前，每当这时，丈夫就会无微不至地把垂下来的头发又拢到她的背后。这个举止乍看之下没什么问题，可以视为丈夫对妻子的疼爱。但看到男人不断重复这个动作，馆长的表情越来越阴沉。丈夫大概是受不了妻子头发不整齐的样子，即便是在跟别人深入交谈时仍然重复这个动作。两人回去之后，朴让护长们对男人进行了追加调查。周围的人都说他是个好人，认为他为人诚实、做事利落，也很自律，但朴怀疑这不够全面。直到有人透露了其他消息。

据说那个男人对整理收纳有偏执，特别是有整理强迫症。房子和车子，甚至是老婆都必须是自己想要的样子，不能有丝毫的偏差，才能让他有安全感。男人来 NC 不是想要孩子，而是想找一个人偶，放进“家”的围栏里，再依照自己的口味培养。最终，男人的名字上了黑名单，针对申请父母面试预养者的心理测试也比以前强化了好几倍。尽管那个男人在孩子们看来完全没有问题，十分慈爱，但朴从中感受到了危险。这是大人的视角，他的老到不容小觑。

但是拥有犀利眼神的朴竟然缺席了我的第二轮面试，这实在让我很惊讶。身为馆长，他从来没有缺席过我们馆任何一场第二轮面试。我真是万万没想到。尽管他是一个不通情理的人，但他当天缺席这件事仍让我非常在意。

那两个人依然轻装上阵，穿着日常的衣服。他们不再像第一轮面试的时候那么尴尬，紧张的表情似乎消除了一大半。

“二位好。”我朝他们鞠躬问好。

“嗨，你好呀。”他们像小孩子一样朝我挥了挥手。

面试顺序和第一轮一样。先点好饮料，小帮手马上进来，送上果汁和碳酸饮料等，放好后离开。男人笑嘻嘻地说：“依依还说你们绝对不会再联系我们了，她还说，哪会有人想要见像我们这样的父母。”

男人自顾自地咯咯笑个不停时，女人一口气喝掉了果汁，接着说：

“是真的啊，我们心理测试也是勉强通过的……”

男人用食指竖在嘴唇上比了个“嘘”的手势，但女人没理他，继续说：

“你以为我们能骗过这里的人吗？我发誓，这里的人比我们还更了解我们。”

女人看着崔，眼神里带着质疑。崔对她置之不理。她也和上次不一样了，冷静而又沉默。

“我就觉得你们一定会跟我们联系，虽然不是百分百确定，早知道依依说要打赌的时候我就跟她赌了。”男人接过话头。

崔皱起了眉头，她是在斥责他们怎么能把领养孩子的问题当儿戏。不过，这有什么大不了的呢？一个十六岁的孩子都老大不小了，还要给自己找父母，双方面对面坐着的这件事本身就像一场闹剧。

“你们觉得我看起来怎么样？”我问。

女人盯着我看。她的脸看起来有点固执，好像随时都会露出破绽，而男人则一副讨人喜欢的样子，总是在呵呵笑，让人觉得无懈可击。装不知道、装没有、装不是，感觉男人把女人的漏洞都填满了。我没想到他会预料到能和我再次见面，这意味着他还挺会看人的。

“我可以说实话吗？”女人问。

崔的眼里像要射出两把刀似的。真奇怪，说实话又不是什么坏事，但听到别人问“我可以说实话吗”，大家的第一反应都是紧张。或许，人们真正想要的不是实话，而是包装得像模像样的谎话。

“可以，我喜欢听实话。”我点头说道。

“嗯，一方面我觉得你有点阴沉，我是指，就和社会看待NC的目光一样……另一方面，怎么说呢，你有种坦荡荡的感觉，啊，我不是说你有什么见不得人的……就是觉得你自信的样子看起来挺好的。”女人边说着边尴尬地笑了笑，脸上的表情像是在说“你懂我是什么意思吧”。

当然，我比谁都懂。社会上不断给NC孩子套上负面形象，以此来排斥我们。“真相”只有在对自己有利的时候才有用——这就是真相的作用。当人们相信，与NC馆出身的人划清界限对自己有利，那么这就不得不成为“真相”。

“你们不觉得养我会很有压力吗？毕竟我已经十六岁了。”我想知道他们为什么对我有兴趣。上回崔让他们好好想一想再回答，他们真的听进去了吗？

“我以前认为，这些孩子不是在亲生父母身边长大的，和我是不一样的，社会上也一直散布着这种认知，以前什么犯罪团伙……”

“请注意您的措辞，谢谢。”崔马上打断了她。

看到崔的反应这么大，女人露出“哎呀不好意思”的神情，赶紧说：“抱歉。”

“没事。”我说。

我知道，社会上有不少人把NC出身的人看作潜在罪犯。NC孩子也是为了甩掉这个标签，才这么努力地和父母配对。

“但我现在想法不同了，在亲生父母身边成长的孩子就没有问题吗？我知道我父母是谁，知道我的爷爷奶奶是谁，如果我想要知道自己的祖上是什么样的人，也肯定找得出来。但有一天，我突然想到，如果我不是在我的父母身边长大，是不是会拥有完全不同的性格，过着完全不一样的人生呢？到头来，我之所以成为现在的我，其实来源于那些我懵懂时期形成的东西啊……我最早的记忆大概是小学二三年级的时候，模模糊糊记得一些。那在形成这些记忆之前，我是怎么长大的呢？这时，我想到了NC中心。要是我在青少年时期，也就是像你这么大的时候才见到我的父母，那我和父母又会成为怎样的关系呢？其实我妈让我很受伤，我也发过脾气、耍过心思，搞得我妈很累。大部分孩子受到最深的伤害都是来自家人。所以我们决定不生孩子，我怕无意识中，左右了一个孩子的性格和价值观，进而甚至可能摆布了一个人的人生，光想想就很吓人。养孩子不是件普通的事情。总之有一段时间我很认真地考虑过这个事情。”

女人说完，面试间里充满了凝重的安静，只有小帮手在外面打扫走廊的机器声。

从来没有一个来NC馆的预养者用这种方式说自己的事——至少据我所知如此。听到这样意外的回答，我的脑子里忽然变得复杂起来。

“您之前说您还写点东西对吧？”我问女人。

“老公，我鸡皮疙瘩都起来了，你知道吗？你看看，看我的手臂，他好像可以读懂我的心。”女人撩起袖子对男人说。

崔叹了口气。我觉得这个情况很有趣，老是忍不住想笑。

“你说话像写小说一样，絮絮叨叨地说了半天，谁会不联想到这个啊？”男人轻描淡写地回答她。

女人不知什么时候换上了认真的表情：

“我想确认两件事。是不是真的如同别人所说，NC 出身的孩子有很多问题。还有，在人格形成之后遇见父母的话，也就是成长于完全不同的环境中的孩子突然有一天变成了我的家人，会过什么样的生活，我想把这些写下来。”

这时，突然响起“咯噔”一声椅子被移开的声音，是崔那边发出来的。我们三个人惊讶地看着她。

“请两位回去吧。”崔的声音非常冰冷。

“护长。”我叫她。

“两位来中心时，分明说想要一位新的家庭成员。”

“没错，我们是需要家庭成员。”女人惊慌地点着头。

“孩子不是实验对象，也不是研究对象，更不是写作的素材……”

“我就是这个意思。孩子绝对不是实验对象，也不是研究对象，但很多父母为了让孩子适应自己，持续不断地进行研究和实验。也有女生讨厌带荷叶边的连衣裙和亮闪闪的漆皮皮鞋吧？才九岁大的孩子就被逼着去上芭蕾舞班，用脚尖撑起整个身体。是不是很残忍？这些孩子因为这样的经历，长大后穿不了皮鞋。”

“依依，你冷静一下，千万别忘了我们现在是在哪里。”

男人从座位上站起来安慰着女人。没有站起来的只剩女人和我了。

“既然开了头，我索性再讲几句实话……”女人说。

“不，不用再说了，我们馆……”崔阻止她。

“护长，父母选择权是在谁的手里？”

我打断了崔的话。崔看着我：“元一，你是不是忘了，我们有保护你的义务。”

“我现在完全没有觉得受到任何威胁，也没有被冒犯、被侮辱的感觉。”

“总之，这次面试……”

“我还想听，想听他们继续说。”

所有人都不停地炫耀自己的父母有多优秀，表达自己也梦想着要成为这样的父母。所有人都说，不能没有家人，他们愿意成为我们温暖的家人，像是在大发善心。从来没有人说过自己被父母伤害的话，除了眼前这两个人。

“护长，拜托了。”我说。

崔叹了口气：“如果孩子希望这样，我也没办法。抱歉，二位请坐。”

听到崔的道歉，男人犹犹豫豫地坐了下来，女人平复着心情，深深地吁了一口气。

“依依长大的过程和她妈妈有很多摩擦，她妈妈也很反对她和我结婚。我和我的父亲之间也有矛盾。我们这样的人想要迎接新的家人，也许有点不靠谱。不过依依之前就对NC很好奇，想知道这里的孩子怎么生活，有什么样的价值观，可是没有人愿意承认自己是在NC长大的，很难获取信息，所以这次我们自己申请来领养，做梦也没想到竟然会通过。就这样，我们遇到了你，还来参加第二轮面试。我们想要体验一下，和已经长大的孩子一起生活会怎样，是不是就像多交了个好朋友。另外，如果说我们对领养之后获得的优惠政策没兴趣，那肯定是在撒谎，但我们确实想要表达真心。上次回家后，我俩聊了特别多关于你的事，我还把你的脸画了下来。不是什么大不了的作品，就是简单的素描，我想把画送给你，不过听说第三轮面试或之后才能送礼物，所以这次没带来。可惜，看样子，今天可能是我们最后一次见面……”男人苦笑着说，一脸遗憾的表情。他说的没错，今天有可能是我最后一次见他俩。如崔所说，他们不够稳定也不够格。

“谢谢两位说得这么坦白。”我说。

“我们确实没有做过事前练习就来了，是不是跟无头苍蝇似的啊？”男人向我道歉。

“大部分人在当父母之前都是没有做过事前练习的。”

男人听到我的话，惊讶地瞥了一眼崔。

“那个……第二轮面试，我们是不是至少可以握个手？”男人提问。

崔干巴巴地回答:“可以。”

她话音刚落，男人马上伸出手来，对我说:“见到你很高兴，你很成熟，比作为大人的我们成熟多了。”

“大人未必要有大人的样子。”

这也是我在书上看到的。据说每一个大人的身体里都住着一个长不大的小孩，就像每一个女人的身体里永远住着一个怕虫子的九岁小女孩一样。

我愉快地握住了男人的手。他的手很大，很温暖。

“二位慢走。”

崔像是要尽快把这对怪胎预养者赶出馆似的。两个人朝崔点头告别。依依和日升，他们渐渐消失在门外。

门一关上，崔立刻瘫坐在椅子上。小帮手进来整理桌子时，崔一直陷在深思中，安静得我无法开口问她接下来该怎么计划。小帮手拿着空杯子，离开了面试间。

“护长。”我叫她。

崔像丢了魂似的，好像完全听不到我说的话。

“护长?”我再次叫她。

“哦?对不起，你刚说什么?”

“馆长去哪儿了?”

听到“馆长”这个词，崔往后捋了一把头发，表情似乎很苦恼:

“他今天因为个人原因请假了。”

朴竟然请假？周末也留在馆里的他会为了什么事请假呢？而且今天可是我第二轮面试的日子啊。要是平时，朴肯定不会这样做。朴突然请假和崔之间好像有什么关系，但到底是什么关系，我也说不清楚。

“他因为什么……？”

“个人原因。”崔说完再度陷入沉思。

她说的“个人原因”到底是什么？

崔对着我无力地笑了下：“对不起，我失态了。”

我对她耸了耸肩。

“几天前有一对很不错的夫妻申请了我们馆的父母面试，目前还在探讨阶段，剩下一些手续，朴好像在考虑你呢。”

“我还要进行第三轮面试呢。”

我刚说完，崔马上皱起了眉头，说道：

“你今天看了他们还不明白吗？他们只想把你当写作的素材，而且他们的情感起伏很大，一副情绪不稳的样子。”

“正是因为这样我才喜欢他们。”

“元一，和父母生活是很难的，像你这么聪明这么敏感的孩子更是……”

“这世界上所有的父母都是不完美的，不是吗？大家都是第一次当父母。在别人面前袒露缺点就是信任对方的意思啊。很多父母向孩子隐藏弱点，掩盖阴暗面。过一段时间，他们的信任感就会坍塌。”

崔的眼神里突然像闪起了火光，说道：“我本来不相信馆长的话。”她说着把头发往后拢，眺望着远处枫叶发黄的树梢说，“他之前说过，你可能会进行第三轮面试。但我一直相信你坚持要跟他们面试，只是出于逆反心理，以为这是你表达不满的一种方式。我们每次给你看全息影像，你都摇头不肯见。但朴说，你搞不好会看到他们身上的某些我们看不到的东西。我当时难以置信，现在才发觉原来他的话是真的。”

我很感激朴能够明白我的心。我们不是羊群，不是牧羊犬一赶就哗啦啦往一边跑的羊。我想象中的大人，愿意认可我们能看到他们看不到的东西，认可我们能知道他们不知道的东西，认可我们能感受到他们没有的感受。馆长朴就是这样的人。

“他没有办法完全理解我的，我也不太清楚我自己。”

“我以后会更努力去了解你。”

崔果然是个好护长。温暖亲切、深思熟虑、善解人意。对崔来说，B 馆里头都是吵吵闹闹的男生，一定很辛苦，她是我们的好护长。严格遵守原则和规矩固然重要，但能在不违反规定的范围内给我们自由，更加难得。

“谢谢您。”

我说着，对崔鞠了个躬。

你以为生活
可以随心所欲吗？

“哥，你去体育馆了吗？”良十问我。

我没回答，朝他抬了抬我的全能表。对于这里的孩子来说，有一样东西和好人品同样重要，那就是健康的身体。我们一天必须要运动至少三十分钟。运动时间、运动项目、消耗的热量全都输进全能表里，然后这些资料会原原本本地保存到护长的电脑里。如果一直不运动，扣分超过一定分数，全能表就会被没收，还得到反省室写检讨书。NC的孩子们一致认同，去体育馆里流汗比被没收全能表强一百倍，而且运动一段时间会上瘾，大家对这个规定都不反感。

“啊，真讨厌每天运动！等我找到父母，搬到新家应该就不用运动了吧？”良十说。

当然还是会有些小小的不满，比如和我共处一室的这个小屁孩，还有除了在VR室里玩游戏以外极度憎恶运动的冬一之类的人。

“有更多的事情是在这里不用做，但去了养父母家之后必须得做的吧？”我反问他。

良十眨着眼睛，从跑步机上走下来，满脸疑惑。也许有些事情在这里舒舒服服，出去后会变得很棘手。我微微皱眉，说道：

“良十，因为是周末就起得这么晚？赶紧起床。妈妈有没有说过不可以看这种节目，对吧？还不赶快关掉？你最近整天看全能表，我要没收一段时间。良十，成绩退步了，是不是要我给你申请加课？良十，别和那种人做朋友。良十，天气热吃那么多冰激凌对身体不好。良十，怎么能不吃早餐？这是妈妈特别给你准备的豌豆饭，你怎么把豆子都挑出来了？”

“哎呀，你够了。”

良十说着，脸皱成一团。我住了嘴，不再捉弄他。

“你对父母充满了负面看法。”良十说。

“不是负面看法，而是正确看法。”

嘁，他从鼻子里哼气。我看他跑得满头是汗，又调侃他：

“你平时滑帆板几个小时没事，这才运动三十分钟怎么就累成这样啊？在帆板上保持平衡难，还是在跑步机上跑步难？”

“哥，这两个能比吗？滑帆板多有意思，在跑步机上跑步多无聊啊。”

“那是因为你这么认为。”

每次去滑帆板，他都像发现了零食的小狗一样乐颠颠地跑过去，但每次去体育馆就像被拖去反省室一样无精打采。

“你以为生活可以随心所欲吗？”我问他。

“那当然，我想怎么过就怎么过，难道我得照着别人的想法过日子？”

是呀，我们根据自己的想法和判断来行动。但是一个人，难道可以完全照着自己的意愿行动，完全不受到别人的强迫吗？

“良十，也许你的想法在操控着你。”

“这话是什么意思？”良十瞪圆了眼睛。

“滑帆板有意思，体育馆运动很无聊——当这句话刻进你的脑子，运动的时间就会变得难熬，然后这种想法一旦扎根，你便会一直讨厌运动。”

“什么嘛，你想太多了。”

“想太多也总比头脑空空的好。”

“哼，烦人，你真是一句话都不肯输。”

“输就是赢呀，小屁孩。”

良十朝我吐了吐舌头，解开全能表放到桌子上。是我过分了吗？他这次“上色”后，突然像变了个人似的，也可能是我多心了。

“我刚在体育馆看到护长了，他正大汗淋漓地做运动呢。”良十说。

“你说的护长是指朴吗？他怎么会去体育馆？”

别看朴整天跟我们强调要运动，其实他本人才真正应该到反省室里写检讨。他每天都工作到大半夜，动不动就流鼻血，好几次甚至不省人事地昏倒在地，被送到保健室。保健老师每次都念叨他，但也只管用一阵子。而且，他吃东西还挑食，在餐厅里每次都看见他在餐盘里胡乱扒拉两下就算吃完了，偶尔还会看到他去保健室开肠胃药。不用想也知道，他的身体肯定一塌糊涂。现在他都这个年纪了，终于要开始运动了，还不算晚，但为什么偏偏从今天突然开始运动呢？

“这下，让他也感受一下一天运动三十分钟有多累了吧！”

我刚说完，他就带着干净的衣服，快步走出了房间。我喜欢运动的原因之一是可以赶走头脑里的杂念。气喘吁吁地跑一个小时，跑得筋疲力尽，大脑一片空白。朴突然现身体育馆，估计是同一个目的吧？比如有个想法在脑中不断盘旋，或是受了精神打击时，跑步可以让自己不再去想那些事。

我进行第二轮父母面试的那天，朴不但请假了，和朴关系最好的崔也不知道他为什么请假，其他护长肯定就更不知道了。当然我就算开口问他们，肯定也不会有人告诉我。朴总是说，有烦恼不要憋在心里，随时可以找他，但他自己从来不向任何人袒露心迹。他的身体里究竟住着一个什么样的小孩呢？

起风了，窗外的树影摇曳。又一天过去了。过不了多久，我就要十七岁了。大多数时间过得太慢，但有时候又快得不像话。

“喂，你的蓝莓还有剩下的吗？”午饭时间我刚走出食堂，冬一过来问我。

“才刚过十五天，你该不会……”

“够了，你要是想唠叨，还是闭嘴吧。”他一脸不耐烦地挥了挥手。

“你缺什么？”

“你大哥我手有点抖，该补点能量了。”

我招手示意他一起走，他兴奋得手舞足蹈。

NC中心的学费等运营资金和生活费都由政府支付，一年提供两次衣服，有几款生活服、校服和运动服。政府还会补贴部分学习费、全能表通讯费、餐费等。除此之外，我们去VR室里玩游戏或到无人咖啡厅里买零食吃之类的私事需要由我们自己来付钱——准确来说是支付点数，这部分钱也是政府补贴的。

点数是仅限NC馆内流通的货币单位，每个人的全能表每个月会给一定数量的点数，相当于零花钱。

在咖啡厅吃一个冰激凌要扣多少点数，学龄前儿童还没有数字概念，不太理解点数系统，很难让他们算清自己有多少点数。

为了方便年幼的孩子理解，NC馆把点数做成蓝莓的形状。比如买一块糖，十个蓝莓中会扣掉一个蓝莓。我们长大之后还是会把点数称为“蓝莓”。

走进咖啡厅，冬一马上从冰箱里拿了瓶饮料，然后迅速看了我一眼，似乎还想要再买。我只好叹了口气，表示妥协，于是他放手去拿零食。

在收银台，我用扫码器扫了每一件商品的二维码，再扫了下全能表。“哔”的一声，点数就扣掉了。

走出咖啡厅，我瞟了一眼冬一，他手上没戴全能表。他经常因违反规定被扣分，上课还老是偷看全能表开小差。

“你的全能表呢？”我问他。

冬一没回话，大口大口地喝饮料。这家伙搞什么呢，表又被没收了？

“你去反省室了吗？”

“哼，那个小气鬼，反正点数下个月就会清零，又不能一直攒着，让他给我买点饮料有什么好计较的？”

“你又让荷六给你扫点数了？”

荷六是他的室友，十四岁，性格和冬一差不多，都不是省油的灯。

“他要不想给我买就直说呗，买完了又非说我有问题，说我没有经济头脑……”

“所以你打他了吗？”

“没，我只是轻轻推了他一下，他就摔倒了，还偏偏在走廊。”

馆里除了房间和浴室以外，所有地方都装有监控摄像头。如果在宿舍楼里发生暴力，走廊会响起警报，立即会有人进来处理。这里聚集了一大堆十几岁的男生，在护长看来，最大的问题就是吵架和暴力。

“你这都第几次了？老是惹麻烦会被剥夺面试权的。”

一旦惹了麻烦，护长会逐一记录，然后扣分。扣到一定的分数会被剥夺父母面试的权利，没法面试父母的孩子到了年纪只能自己出馆。

“你马上就要十七了，怎么能这样？”我继续问他。

“你不也是吗？管他呢。反正我也很难再遇上新的父母了，而且……”

“而且什么？”我用眼神问他。冬一撕开一包零食大口大口地嚼起来：

“我想像非洲瞪羚一样生活。”

“什么意思？”

他伸出舌头，舔掉嘴角边的零食碎屑，继续说：

“最近我看了部动物纪录片，是讲濒危动物瞪羚的。它一出生就会走会跑，虽然还离不开母羚羊的保护，不过一般的事自己基本可以搞定。人要是这样会是什么情景呢？一出生就会走、会跑、会说话，然后才遇到父母，不是很搞笑吗？”

也许冬一觉得我们在做的事很搞笑。也对，他这么想也不是没有道理。

“我试图想象了一下，我是一只生在非洲的瞪羚，刚一出生就会走、会跑、会说话，然后在这种状态下遇到父母。”

“你怎么没提打架这个本领？”

“当然不能提。难不成你现在就想试试吗？”

朴一定会给冬一找到最合适的父母。虽然他冲动的性格是个问题，但还算挺有想法。正如他所说，我们都是瞪羚、斑马，或长颈鹿，在会跑、会跳、会说话、会思考的状态下遇见父母。尽管掌握了这些本领，但凭一己之力生活还是有点吃力，仍然需要别人的保护。如果人真的一生下来就那样，那么那些存在于我潜意识中，却记不住的伤痛会不会少一点呢？如果是瞪羚的话……

“元一，你知道瞪羚有六个亚种吗？”

这家伙好像真的想成为瞪羚，也有可能是今天特别爱聊瞪羚。我看着他，无声地问他：“你还想说什么？”冬一马上嘎嘎地笑了起来：

“你知道吗，有种瞪羚叫甲状腺肿？”

“甲状腺肿？真有瞪羚的名字叫甲状腺肿？”

冬一点点头，一副世界无奇不有的表情：“这种甲状腺肿瞪羚[1]生活在某片大陆的高原上，也是濒危物种，搞不搞笑？”

“总比叫喉咙肿瞪羚强。”

这个名字听起来真的很莫名其妙，也很搞笑，竟然有生命顶着这样的名字生活。我也跟着他尴尬地笑了一会儿，拍着那家伙的肩膀说：

“要是你点数都用完了，有需要的时候再来找我。”

我正要走上电动步道，突然停住了脚步。等等，要是这家伙去反省室写检讨书，不就意味着他又看了一次朴的办公室吗？

“你怎么突然停住了？”冬一边问边嚼着零食。

“你昨天是不是又看了朴的办公室……”

他的脸上的表情像在说“当然”。看来他又偷看了朴的办公室。除了冬一这类人，去反省室的孩子并不多，毕竟我们从小就一直被教育不能给别人添麻烦。大概出于这个原因，几乎所有馆的反省室都不过是个普通的房间。我们馆本来业绩就差，得到总部的扶持也最少，体育馆要扩张，反省室只能牺牲馆长办公室的空间了。

“那个，办公室里的气氛怪不怪？”我问他。

他噘起了嘴：“朴跟平时一样在看书，和崔也没有像之前一样吼来吼去的。”

① 中文名为鹅喉羚，因雄羚在发情期喉部肥大，状如鹅喉，故得名。——译者注

“崔？崔又来了？”

“她好像是来汇报的。”

护长当然每天都要汇报。

“是吧……没什么特别的吗？”

“哪方面？”

也是，两个人之间要是有什么，照冬一的性格，早就叽叽呱呱急着说出来了。崔只是单纯去汇报的吗？

“能有什么特别的？总之崔说明天还会再来。”冬一继续说。

“你昨天几点去的？”

“六点左右？过了三十分钟后朴进来，又过了几分钟崔过来的。不过这个崔啊，真的很讨厌朴的样子，离开办公室时她自己说的。”

“她说了什么？”

“让朴专心处理馆内事务，好像说什么想太多反而会碍事还是什么来着？不愧是崔，超级厉害啊。”

她的意思是朴突然请假太过分了？毕竟那天是我第二轮父母面试。但就算是这样，朴也是人，也会有躲不过的事，或者是对自己很重要的事。只不过请了一天的假，崔应该不会说这种话。朴就算因为业绩不佳被总部施压时也并没有烦闷太久，会有什么问题让他没办法专心处理业务？

“喂，你聚精会神地想什么呢？”冬一问我。

真是百思不得其解。难道朴真的出了什么事？

“你还不走吗？午餐时间快要结束了。”冬一继续问我。

他把零食一口倒进嘴里，手一甩一甩地先走了。馆里响起了上课铃，该上第五节课了，我慢慢上了电动步道。

我看向窗外，正好看到两个人横穿操场，一个是馆长朴，另一人是馆里负责抓纪律的护长黄。操场上笼罩着阴影，头上乌云密布，好像马上就要下大雨似的。窗缝吹进一丝寒风，带着浓浓的初冬气息。时值初冬，却仍被绿色森林环绕的地方，正是NC的终结馆。

是为我好啊，为我好

晚上下起了雨，玻璃窗蒙上了一层层的小雨点。房间潮湿起来，传感器闪着绿光，自动升温，还启动了空气净化系统。结束了一天的课程，我回到房间，换上了舒适的生活服。良十正用全能表玩着游戏，鼻子里还哼着歌。他很快要第二轮父母面试了，心情看起来不错。

“哥，第二轮父母面试时最多能到哪一步呢？”

“握手。”我无精打采地回答道。

但良十不受影响，一脸兴奋地说：

“我终于能够握一握爷爷和奶奶的手了，一定很温暖。”

“你确定要叫他们爷爷和奶奶了吗？”

良十摇了摇头：“倒也不是，但奇怪的是，叫他们爷爷和奶奶很顺口。我这样叫他们，他们会不开心吗？他们也说过，跟我在一起像跟自己的孙子讲话一样。”

换好的衣服上散发着清新的味道。

“那应该没事。”

良十嘻嘻笑了起来，脸上一副志在必得的神情：

“我想把他们介绍给你认识，我还想和他们一起拍照，但护长不让。”

在确认结为父母和子女关系一起出馆之前，双方不可以留下任何记录。不可以录音，不可以录像，也不可以拍照。谁都不知道这些东西会带来什么副作用。

“对了，你也要进行第三轮父母面试了吧。对你来说第二轮面试都挺难得的了。”良十问我。

我不确定他们是不是好人，但很肯定的是，他们真的很率真、很特别。他们不会啰里吧嗦地说着空话，这已经很幸运了。我很满意，甚至迫切地想要跟他们说更多的话。

这时，房间和走廊响起了护长黄响亮的声音：

“现在，所有人马上到大礼堂集合，到大礼堂集合……”

是召集令。馆里除了消防演习或其他特别活动，一般很少会把所有孩子都叫到大礼堂集合，更别说现在已经放学，都傍晚了。

“哥，今天有消防演习吗？”

“不会吧，警铃没响啊，也没看到公告。应该是别的事。”

“没有提前公告，突然要我们集合，这还是头一回呢。”

“去了就知道了。”

我拨乱了他的头发，心头有种不好的预感——“让他专心处理馆内事务。”我想起冬一说的话。良十关掉全能表，转身出了门。

大礼堂已经聚集了一些孩子，馆长朴和其他护长站在台上。

“好像要发布什么重大消息。”

孩子们看着护长窃窃私语，一股紧张的情绪在会场里弥漫。我抬起头看着朴苍白的脸。

孩子们都到齐后，朴拿起了麦克风，他用深褐色的眼眸挨个掠过每一个孩子。

“休息时间把大家叫过来真是抱歉。”朴的嗓音一如往常地低沉冷静，“我不想占用各位太多的休息时间，简单说一下重点。”

他挤出温和的微笑，似乎想要安抚紧张的孩子们，然后继续说：

“我要离开馆一段时间，不会太久。”

台上的护长们也一脸惊讶，看来他们和我们一样不知情。我看到崔的表情凝重起来。

“您要去哪里？”有人问。

朴回答：“因为我的私事。这里就算没有我这个馆长，还有很多优秀的护长，你们好好听护长们的话，努力生活。身为馆长，我再次对我的离开表示歉意。”

朴朝孩子们鞠了个躬。周末都不迈出馆一步的他，竟然在这种时候要离开。这可是头一回。良十和我几天后分别要进行第二轮和第三轮“上色”，很多别的孩子也面临着“上色”，还有些孩子正在外部宿舍楼里和预备父母合宿。

“朴这是怎么了？你也快‘上色’了吧？”

“我也刚约了第一次‘上色’啊。”

“他因为什么事突然要离开馆呢？”

“是不是因为业绩问题去重新培训啊？”

“他上次才刚培训完没多久吧？而且他不是说了嘛，是他的私事。”

“他会不会是，去结婚？”

“怎么可能，他周末都不离开哪有时间约会啊？”

孩子们的议论声越来越高。朴一下讲台，黄马上抓过了麦克风：“一直以来，馆长一心一意为馆奔忙，身心都非常疲惫。希望馆长回来之前，大家各自努力，管好自己的学业，好好参加父母面试。好了，现在都回宿舍楼吧。”

孩子们纷纷转身离开。但我怎么想都觉得不对劲。

“哥，不走吗？”

良十说着，拉了下我的袖子。我看到崔还站在台上，面无表情，陷在自己的思绪里。

“快走吧。”

我被良十拽着离开了大礼堂。

“他是不是要去很远的地方旅行？会不会要出国啊？哇，太羡慕护长了。他没用掉的假期一直积攒着，这回可以出去玩好久吧？看起来他之前是在积攒休假的点数呢。”

“点数？”我问。

良十点了点头。

“是呀，馆长果然细心，把点数积攒起来一次用掉……”

听起来还真是这样，如果休假可以算点数的话，朴现在应该积攒了非常多吧？看来他是因为这个才轻松离开。

我猛地从座位上跳起来，像火烧了屁股似的。

“哥，你要去哪？过一会儿该吃晚饭了。”良十在后面招呼我。

没错，快到晚饭时间了，但比起晚饭有更重要的事情。门“嗡”的一声开了，我急匆匆地跑出去。

跑过长长的走廊，看到孩子们一个接一个地往餐厅走，像一群奔向草地的草食动物。糟糕，是不是人晚了。这时我远远地看见了冬一。我跨一大步凑上去，拍了一下他的肩膀。冬一吓了一大跳，马上转过身来。很好，这副样子看起来很有架势。我们两个人的头上有一个监控摄像头，正亮着灯。

“干什么呢，你？”他问我。

“你蓝莓都用完了吧？”

冬一带着“这不是废话吗”的表情，从头到脚打量着我。

“我还剩好多，全都给你。”我说。

“真的假的？”冬一惊讶地瞪圆了眼睛。

“我们是朋友吧？”

他再次从头到脚打量我。我知道他在想什么，不过对不起，眼下我只有这种伎俩了。

“对不起，真的对不起。请你理解我，时间不多了。”我说着，看了眼头顶上的监控摄像头。

“你要我理解什么？”

“咬紧牙关。”

“干吗？”

“叫你咬紧牙关，你这家伙。”

我一拳打在他脸上。冬一“哐当”一声倒在地上，走廊响起“嗡嗡”的警报声，红色警告灯亮了起来。

“元一301，元一301，违反禁止暴力的规定，违反禁止暴力的规定，现在马上到办公楼……”

全能表准确地显示六点。冬一直挺挺地躺在地上，吐出了几个音：

“搞……搞什么鬼，你这家伙！”

“抱歉啦。”我边说边快步跑向电动步道。

“冬一好端端又没惹你，你干吗揍他？”

“听说反省室搬到办公楼了，我想来见识一下。”

“你是在和我开玩笑吗？”

黄交叉着双臂，严厉地盯着我。我尽量不动声色地观察隔板上的盒子，那个东西会在哪呢……

“交出全能表。”黄命令道。

我解下了全能表。

“把你为什么揍冬一的理由都给我写清楚。”

黄在桌上放了一支圆珠笔和一张纸，然后就去吃晚饭了。门关上了。墙上的挂钟指向六点十五分。

我低头看着空空的白纸。冬一听到崔和朴争论的时间是下午六点半，那就是还剩十五分钟。就在这时，我听到了“吱”的开门声，接着是“咔嗒咔嗒”的脚步声。我赶紧在隔板上的盒子里面翻找起来。马上就找到了，遥控器装在其中一个盒子里。

我按下“保安”按钮，特殊合金做成的门中间有一部分“唰啦”一下变成了透明的。我看见朴坐在办公室里。一看到他，我心里的一个角落刺痛起来，毕竟我是在做不该做的事。我的良心在尖叫。尽管如此，保安功能一到时间，我马上又按下按钮。

朴在书桌旁坐了一会儿，从座位上站起来，盯着窗外。他看起来焦躁不安，不像马上要去休假的人。

这时响起了一阵低低的音乐声，朴的全能表亮起了灯，空中突然出现了崔的全息影像。

“今天我不接受业务汇报。”

崔还没说话，朴先开了口，接着关掉了全息影像。朴吞了口口水。这下可糟了！崔必须来呀，然后从朴嘴里问出真相。崔要是不来，我来这里就没意义了。现在怎么办？黄会知道吗？要不问问黄吧？论嘴紧，黄也不好对付。就算他真的知道，也绝对不会说。那我就这样看着朴走掉吗？按理说，之前的休假期间，朴必定会留在馆里照顾孩子。他对孩子们来说，就像是踏实的父亲一样的存在。他会倾听孩子们的话，等着孩子们敞开心扉，面对犹豫不决的孩子，总是他先靠近他们。我害怕朴会离开，永远地，怕他不再回来……

这时，“吱”的一声，办公室的门被推开了。不请自来的不是别人，正是崔。

朴像是预料到一样，转身对崔说：

“我刚说过我今天不听汇报。”

“我又没说我是来汇报的，您一句都没听我说，就挂掉了。”崔仿佛马上要大叫起来。

“你应该没什么要说的吧，请你回去吧。”

“这么重要的时期，馆长要离开岗位，我怎么可能没什么要说的？”

“我委任黄代职了，而且其他护长也在……”

“师哥。”

师哥？崔怎么叫他“师哥”呢？NC 里面是不用这一类称呼的。也就是说，两个人不是在馆里第一次认识的？朴看着崔，一脸惊讶：“这里是馆内，你不可以这样叫我。”

所有护长之间都必须遵守礼仪，馆内除馆长外，其他人一律没有职称或级别。馆长朴也一样，他只用“护长”来称呼别的护长，而不用其他叫法。崔瞥了一眼手腕上的全能表，突然莫名其妙地大笑起来：

“还有三十分钟下班，明天我会提前三十分钟上班，所以今天就算我提前下班。好了，现在我不是你手下员工了。”

“护长。”

“我不是你的手下员工，不会用对馆长说话的方式跟你讲话。你要是觉得不舒服，也叫我‘师妹’吧。”崔说完莞尔一笑。

朴无语地摇了摇头。平常崔也经常捉弄馆长朴。

“好吧，你想说什么？”朴的嗓音颤抖着，像一团墨在水中洇开。他不再是那个冷静的馆长了。

“这下终于能好好说话了。”崔说着吐了一口长气，看来刚才她很紧张。

“我大学一毕业就参加了监护长的考试，如果说完全没受到你的影响是骗人的。我想当一名好护长，在孩子身边，成为他们的力量。我用功读书，终于在最终考试中拿到了最高分。我为什么要这么做呢？”崔问。

啊，原来两个人是在大学里认识的啊。从他们的口气和眼神来看，崔和朴比我想象中的还要更熟悉对方。其他护长很怕馆长，只有崔经常开他玩笑，催促他。我现在才明白，崔怎么敢做那些看起来有些大胆的举动。

“因为只有在最终考试中拿到最高分的人才能选择自己想去的工作地点。要不是自己选，我百分百会被分配到新生馆或成长馆的 G 馆。我真的非常努力，非拿下第一名不可。我终于报名来了终结馆，而且还是这家最糟糕的馆，业绩差到出名。据说目前为止，在最终考试中拿到最高分却选择来这里的人，只有两个，一个是我，一个是你。”

我也好奇过崔怎么会来我们这个 B 馆，疑问终于解开了。

“你觉得我为什么会来这个最糟糕的馆？”朴问。

崔一脸波澜不惊地看着朴。

“我想要到面临最多困难的孩子们的身边。对于在馆里生活超过十年的孩子们来说，找父母不单纯是一件开心、高兴的事。业绩差就意味着有很多孩子对于找父母心有不安，也意味着有许许多多的孩子需要更多的爱。”朴说。

崔深吸了一口气，问道：“你要去哪里？”

朴顿了一会儿说：“我想出一趟国，看看国外有没有和 NC 馆同样功能的地方。我还没定好具体的计划，现在开始准备……”

“师哥。”崔一下子打断了他。

朴的语气和平时很不一样，像是被什么东西追赶着似的焦躁不安。崔朝朴走近小半步，说道：“你真正想去的地方不是那些地方。”

朴没有回答。

“你是想最后见他一面对不对？”

“你在说什么呢？”

这是我想问的。朴是下了什么决心？某种东西正慢慢浮上水面，这正是我和良十一直以来深感好奇的。这时，功能门又关了，我又按了一下遥控器上的“保安”按钮。

“这你比我更清楚吧。”

“不，我不知道。”朴的脸痛苦地蜷成一团。

“师哥，你知道我为什么跟随你参加了那个考试吗？”

朴不说话。

“那个暴君每次喝完酒，手上抓到什么就扔什么，拿着碎玻璃片威胁年仅七岁的儿子。酒醒了看到自己犯下的罪孽又吓得浑身哆嗦，下跪求饶，但也就消停那么一会儿，晚上又掉到酒眼里。年幼的儿子吃不好睡不好，瘦得皮包骨。那个满口抱怨和咒骂的人就是你的父亲……我总在想，小时候的你生长在这种环境中该有多么痛苦，我真想亲身安慰安慰那个孩子。”

我用双手捂住了嘴，脑中一片混乱。我原本以为，朴应该有一对无比重视原则的父母，生长在一个和睦的模范家庭里，因为他总是牺牲自己，为孩子付出所有。我无法想象他竟然有如此不幸、可怕的童年。

我忽然意识到，他正是因为这样才会来到这里，正是因为这样才比谁都拼命，想要介绍最好的父母给孩子们，希望不要有任何一个孩子痛苦。他用尽全力，其实是想要拥抱身体里那个还没长大的孩子，为他抚平伤口……就在我的心灵受到巨大冲击的那一刻，功能门的功能关掉了。我没有办法再按遥控器了，无法再直视朴和崔了。我竖起耳朵，听着门后传来的对话声。

“好吧，不管你想去哪里就去吧，如果能让你平静下来，能让你忘掉这种痛苦就行。”崔说。

“……嗯，我很怕。”朴颤抖着呓语道，“听到他的脚步声，闻到他身上的酒味，就吓得我快要无法呼吸。父亲对我来说，是个巨人，是个怪物，是个恶魔。”

崔没有回答。

“但这怪物现在老了、病了，变成一具只剩下骨头的木乃伊。”

原来就在我第二轮面试的那天，朴去看望那个老了、病了，只剩下一副躯壳的父亲。

“医生说，他撑不过一个月。”朴笑着说，声音像微风一样轻。

“听到医生那么说，我有种难以言表的心情，以前我曾如此盼望父亲死掉，祈祷他快点从这个世界上消失。但真的听到医生这么说，我为什么笑不出来？”他像是在问自己。

“去吧，去待在他身边吧。”崔说。

“我凭什么？”朴冷飕飕地反问。

“因为这是你想要的。”

“我不想要，我累了，重要的是……”

“不是要你原谅他。”

原谅？可以原谅吗？不，非原谅不可吗？仅仅因为他是父亲，就可以用“老了、病了”为借口，以临终为机会获得原谅？为什么要原谅那个曾虐待过自己的父亲呢？到底为什么，为了谁？

“原谅不是为了那个人啊。你知道的，师哥。”崔哽咽了，“是为你好啊。”

之后，崔好一段时间没有说话。现在她面前的人不是馆长，也不是护长，而是那个害怕醉酒父亲的拳头、躲在壁橱里的小孩。我喉咙发干，“咕嘟”干咽了一口，不由自主地咬紧了嘴唇。这时，崔又开口：“师哥，你现在不用逃了，没有人能够摆布你了，也没有人能够再伤害你了。”

短暂的沉默之后，朴说话了：“我不逃。”过了一会儿又说，“我不原谅他。”

“我懂。”

朴的声音微微颤抖。我猜他习惯性地握紧了拳头。

“我想告诉他。”朴说。

崔没有说话。

“想让他知道，我和他不一样。”朴又说。

虽然我没看到，但我想崔应该在用力地点着头。

“不是为了那个人。”

崔还是没有说话。

“是为我好啊，为我好……”

他们不再说任何话，整个世界像按了静止键一样停了下来。刹那间，许许多多的想法涌进我的脑海里。我只是不知道我的生物学意义的父母是谁，但我没有伤痕累累的童年。我无法估量朴有多痛苦，但仿佛也经受了他曾经感受过的痛苦。我非常惭愧，为那个在朴和崔面前，还有良十和冬一面前自以为是的自己……

“世界上没有一对父母可以做好完美的准备。”

“选择父母的权利完全在我们手里，不是吗？”

怦怦直跳的心慢慢平静下来，心中像掠过了一阵冷风。就像人们误会 NC 中心一样，我把我的世界限定在自己的框框里，相信那就是全部，从来不去想象框框之外的世界。一直以来，我只是以我的角度，自作聪明地评价所有事。

眼前如白纸一般的墙壁，让我想起白茫茫的雪原。朴凝望着大海时，究竟看到了什么？是看到了以宽广胸怀拥抱孩子们的大海，还是看到了舔舐着孤岛的狂风恶浪呢？

我现在才明白，大概是因为这样的经历，朴才会对来馆的预养者这么严格。他不想让别的孩子重蹈自己的覆辙。被父母伤害、虐待的记忆会一辈子如影随形，也许这比带着 NC 出身的标签更令人难以承受。

朴的内心很强大，不然是没办法成长为如此正直的大人吧。我深知这并不容易，如果他的心不像钢铁一般坚硬是做不到的。我们的馆长一定会表情开朗地回来的，他很清楚自己应该立足于什么位置，他比世界上任何一个人都更强大。

我拿起圆珠笔，一行一行地写起了检讨书，脑海中浮现出良十、冬一的脸。好久没亲手写字了，说不出口的话像泉水一样喷涌而出。

你听说
那个传闻了吗?

不知不觉，朴离开已经一个星期了。我们馆和以前没什么不同，大家都忙忙碌碌的。有很多预养者上门，孩子们准备着“上色”，一方是为了找人给自己的人生涂上一种颜色，另一方则是为了把家涂成更好看的样子……我时常眺望办公楼，想象着朴会对父亲说些什么呢？朴的父亲会祈求原谅吗？朴的旅行还在继续。

为了填补朴的空缺，崔工作更加投入，周末也留在馆里照顾孩子们。渐渐地，她脸上的表情越来越少。不知道为什么，她似乎越来越像朴。

良十第二轮“上色”顺利结束了，正在等待第三轮“上色”。

“跟我想的一样，两个人的手很温暖。奶奶染了头发，第一轮面试时她想给我看她本来的样子，所以特意没染发，她说染了头发是想要显得更年轻一点。爷爷说他已经在学滑帆板了，周围朋友问他怎么这把年纪还学什么帆板，他说他乐意。我让他滑的时候小心点。他说他戴了护具所以没关系。对了，奶奶还问我除了在介绍信里写的菜以外还有没有什么喜欢吃的。他们说面试后他们比以前忙碌了好几倍，还说这样很好。”良十正叽里咕噜炫耀个不停，突然瞄了我一眼，“对不起，我是不是太高调了？”

他又开始没有必要地担心了。

“哎呀，听你那么说，我都觉得很有压力，要是有人这么对我，我一定受不了。”我说完身体抖了两下。

良十的眼睛马上亮了起来，“哪里会，这有什么好有压力的？他们为我忙这忙那不是好事吗？你看父母的想法真是太负面了。”

“那你就是幻想太多？”

“什么幻想！我只是实话实说。”

还好，良十的话都不是他的幻想，而是现实，我可以感受到那两个人有多喜欢良十。要想了解一个人，就必须投入时间，付出努力。也许这正是父母和子女之间最需要的东西。

“你怎么什么都不说？你真的满意那对预养者吗？你倒是说说看嘛。”良十问我。

没错，我的第三轮面试也快要开始了。那两个人前一段时间很忙，来不了，只发了几段全息影像过来，影像中他们仍然毫无遮掩地说出自己的想法，不会慎重地斟词酌句。

“元一，如果你和我们成为一家人的话，恐怕没人会相信你是我们的儿子。你的脸一看就不是我们两个能够生得出来的。怎么说呢，感觉你长得比较高级？”

“你这个人怎么讲话的，元一是高级脸的话，那我和你的脸是低档货吗？”

他们不会知道，看全息影像那天我为了不喷出嘴里的咖啡憋得有多辛苦。崔的脸上也有笑意，她像是彻底放弃了反对的念头，只是默默坐在一旁。第三轮面试可以在没有护长陪同的情况下和预养者聊天，基本上是最后一步了。我站在必须做出选择的十字路口上，是接受他们作为家人还是拒绝。对我来说，和依依、日升他们一起离开中心的话，意味着会有新名字，进入新的学校，撕掉NC出身的标签，条件允许的话我还可以进大学。

“你是喜欢他们才去‘上色’的吧？我怎么觉得你好像会比我先离开中心。”良十说。

真的是这样吗？我并不确定。

“对了，你听说那个传闻了吗？”

“什么传闻？”

良十本来躺在床上跷着脚，一咕噜坐了起来：

“有个馆让孩子去‘上色’，但没给他看预养者发来的全息影像，也没给照片，非让他直接见面。他虽然觉得有点奇怪，但护长强调说一定要见，所以他就去了。结果他一进面试间，预养者就放声痛哭了起来。”

“难道是……？”

“哇，你果然厉害。”

良十说完，像泄了气的皮球一样瘫倒在床上。我从来没想象过，亲生父母回到馆里……

“你不觉得很怪吗？”良十圆圆的眼睛死死盯着天花板说，“换句话说，是把我扔掉了的人又回头来找我啊。”

我光是想象那个场景都觉得毛骨悚然，头发都要竖起来了。我们本来是国家的孩子。在结识新的父母之前，一直是国家在养育我们、教育我们、照顾我们。我们的生物学意义的父母也许生活在某处，但就像恐龙之类的绝种动物，只是曾经生活在地球上，现在已经消失得无影无踪。

“所以他怎么选的？”我问良十。

“选什么？”

“他跟着他亲生父母一起走了吗？”

“你看着聪明，有时候怎么那么笨呢。那是当然的啊，有亲生父母的人怎么会留在NC中心？马上就出馆了呗。”

“什么，连‘上色’也不进行吗？一个月的合宿生活也不进行吗？该不会不听孩子本人的意见，就直接送走了吧？”

“做了亲子鉴定，父母也有带他走的心，还需要什么别的吗？”

"一夜之间就跟不认识的人走了吗？分开超过十三年，双方没时间亲近，互相也不了解，只因为基因相同这一个理由就让他叫他们'爸妈'？"

"我也不知道，那还能怎么样？"

就算是亲生父母，分开超过十三年，突然有一天要在一个屋檐下生活，这跟没有全能表、没有导航仪，在陌生城市里面找路有什么不一样？

"要是你的话，你会怎么做？"

"我绝对不会跟他们走。"

"这可不是你能决定的。"

只因为父母生下了我，他们就拥有所有选择权。由他们决定是亲自养孩子，还是送到NC。相反，我们却没有权利选择。

"是为我好啊，为我好……"

朴的话是什么意思呢？当那个他一心盼望着从世界上消失的父亲真正濒临死亡之时，他为什么这么难受呢？虐待儿子的父亲也是父亲吗？只因为遗传了他的基因这一个理由吗？

"我跟爷爷奶奶也聊到了你，我说你性格难搞，又爱调侃别人，是个坏孩子。"

"是啊，你现在才知道啊？"

良十吐了下舌头说："其实他们要是看到你，也会喜欢你的。"

他有什么宝贝总想要拿出来炫耀，我心里很感谢他。要是他们能像良十珍惜他们一样珍惜良十就好了。良十吹着口哨再次跷起了脚。不知道他在入神地想些什么，圆溜溜的眼睛死死盯着天花板，仿佛要把天花板看穿。

面试间里最多只能进四个人。“上色”的孩子和两个预养者，再加一名护长。当然之前有两个护长一起参加了我的面试，但那天是特殊情况。

“进来吧。”崔招呼我。

我呆呆地望着良十和老夫妇。今天是良十“上色”的日子，为什么把我叫过来，莫名其妙。

“坐这里。”崔指了指椅子。

我接到来面试间的指令非常惊讶。良十正在进行第三轮面试。为什么要叫我？我又问了一次，但崔只是说“现在马上过来”。

我大跨步地跑过来。面试间里有良十和要成为他父母的两个人，那两个人对着我温柔地笑着。

“哥，快过来坐，是我特别拜托护长的。这个秘密只有你、我和在这里的人才知道，绝对不可以告诉别人。”良十说。我低着头弯着腰坐到了位置上。

“我们家良十说的没错，这个哥哥真帅啊。他说你学习好还读了很多书，还说你辅导他学习，像对亲弟弟一样爱护他，他跟我们说了好多你的事呢。”奶奶说。

听到“我们家良十”时，良十得意地笑了。

“良十也跟我说了很多关于二位的事。我现在亲眼见到二位……二位的确值得良十炫耀。良十又善良又开朗，和他一起生活，可以从他身上获得很多正能量。”

曾经听别人说过，年纪越大，越能从外表上看出人品。他们眼角的鱼尾纹很深，看来两个人总是微笑；手关节凸起，证明他们踏实工作；衣服虽旧，但干净又整洁，说明他们很朴实；还有“我们家良十”这句话里的温暖，看得出来，他们已经把良十当亲孙子看了。

“我们开了家小工厂，员工中有人是NC出身的。不过我们没告诉别人，怕招来什么偏见。我们听他们说了这里的事情。多亏了他们，我们才能遇到这么可爱的孩子。”爷爷说完，低声笑了起来。

“良十有你这样的好哥哥真是太好了。听良十说你也在面试父母，我虽然不知道他们是什么样的人，但是你这么帅气、这么聪明，他们肯定会很爱护你的。”奶奶说。

“谢谢你们。”我再次向他们鞠了个躬。

“嗯嗯，过一段时间，带着你的好父母，我们一起在馆外面见见面。”奶奶说。

我离开面试间时，崔也跟着出来了。

“您违反了两项规定。”我对崔说，“面试间除了面试者、预养者、护长以外，不允许第三者进入。”

崔笑眯眯地抱着双手，似乎在示意我继续说。

“不能将孩子和预养者单独留在面试间。”我说。

“对，我今天都违反了。”

“等朴回来，我会告诉他的。”

听我提起朴，崔无奈地笑了，说道：“辛苦了，你回去吧。”

“馆长他……”

崔本来转身要走，听到我的话又回头看我。

“过得还好吧？”我问。

崔点了点头，算是回答。

“他会回来的吧？”

“当然，快了。”

要是朴在，就算良十提出这种要求，朴肯定也不会答应，他肯定担心会发生混乱。想到朴，不知怎地我心里觉得有些沉重。他到底要休假到什么时候？我看了一眼面试间紧闭的门，走上了电动步道。

我等你，朋友

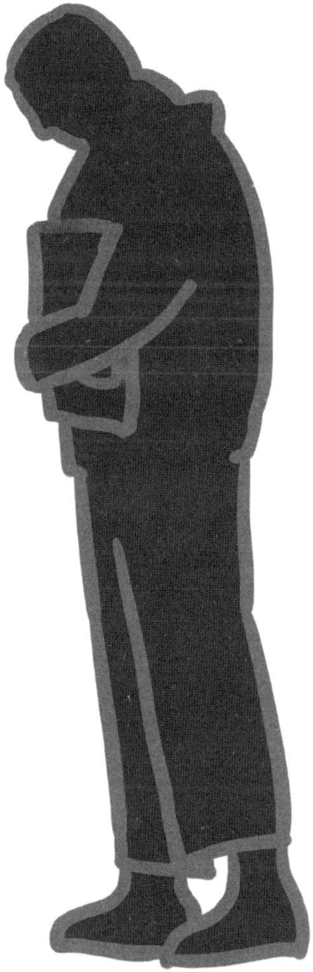

秋天过去了，NC 中心正式迎来了冬天。尽管围墙森林一年四季都是绿色的，但操场上的树掉光了叶子，走在路上，脚底会传来干叶子被踩碎的声响。

“真抱歉，这么重要的面试只有我一个人来。”依依一脸沮丧，边说边挠头。

我笑着摇了摇头。交换过全息影像，我们似乎更贴近了，不知从何时起，我开始直呼他俩的名字。她告诉我，日升得了流感。体温异常是不可以入馆的。NC 中心为了防止外部人员带来病毒引发传染病，卫生管理非常严格。得流感的日升在拿到完全治愈的医生诊断之前，是不可以入馆的。崔本来跟我商量是否要推迟“上色”的日期，但我说愿意和依依两个人见面。感谢依依，她爽快地答应了。

今天我可以和预养者单独聊天，不需要护长陪同。之前碍于护长不敢说的话，这下可以说个痛快。我和依依并排走着，心情很微妙。我走在依依的左边，依依把背在左肩的包换到了右肩。风很冷，但我的心情不错。

“这段时间过得怎么样？”我问她。

依依心情很好的样子，笑眯眯地说：

“提笔写东西没有想象中的容易，不过好在我的想法比以前多得多了。我一直喜欢写字和读书，但之前把这个当职业，压力挺大的，现在可以写点东西发到网上连载，压力就小多了。前几天，还有编辑跟我联系，问我愿不愿意正式出版成书。”

“真的吗？恭喜你！”

“来不及开心，我其实有点怕。”

“你一定没问题的。”

我不了解依依的生活经历，仅凭几次聊天，自行想象了一下。要是能读到她写的故事，是不是可以更了解她呢？

“对了，你有想过要取什么名字吗？”

名字吗？我疑惑地看着依依。

“出馆的时候不是要起个新名字吗？”

“嗯……”

NC 的孩子们在面试父母前都会提前取好名字，有人会找独特的生僻字，有人坚持要起不带汉字的名字，也有人一心想找个寓意优美的汉字名字。一离开 NC 馆，元一、良十、冬一、荷六这些名字就会随之消失，名字后面跟着的数字当然也就删除了。仿佛一个新生儿刚从妈妈肚子里生出来，剪断了脐带，开始自己呼吸。拥有新名字，是 NC 孩子朝着新世界迈出的第一步。

“我有点羡慕呢。”依依说。

“羡慕什么？”

依依看着远处的全息影像森林说：“你们可以给自己取名字，这和改名感觉又不一样。”

我没有回答她。

“我不太喜欢‘依依’这个名字。小时候还被同学开过玩笑，上体育课时，老师喊口令，一二一，一二一，同学们都看着我笑。”

我其实并不太在意名字。我们现在用的名字是根据进馆的月份来命名的。想来，馆外的人也没什么不一样。不管本人喜不喜欢，反正都是父母给起的。大部分人的名字一经父母决定，就要用一辈子，而这个名字完全没有征求主人的意见。

“第一轮面试的时候你好像说过吧？”我问她。

依依狐疑地看着我。

“你说准备面试的时候想起了你的妈妈，你还说如果是你来面试你的妈妈会是什么感觉。我可以问一下，你为什么有这种想法吗？”我继续说。

依依一脸落寞地看着冻得发白的地面。她要是真想隐藏，一开始也就不会说那种话。所以我才会问她，为什么当时说了那种话。

“妈妈总是陪着我，就像我的胳膊或腿一样。一直到八岁之前，我连洗澡都是被她抱进浴室的。小时候我很容易生病，所以她总是过度担心我，想为我做一切有益健康的事。也是出于这种想法，她让我去跳芭蕾，希望我能找到身体的平衡，保持正确的体态。总之，只要她认为对我身体、头脑和情绪有益的东西，都恨不得全部塞进我的手中。”她说。

如同子女手足的母亲会是什么样的母亲呢？依依的母亲可谓是为女儿倾其所有，但为什么依依看起来却郁郁寡欢呢？

“妈妈想让我接受最好的教育。其实，我和她的相处没有任何问题。怎么会有问题呢？我想要什么东西，不用开口她已经都给我安排好了，我该做什么、该学什么、出门怎么穿、上课怎么发言，都是妈妈说了算。妈妈的未来就是我的未来。”

我好像有点明白她想要说什么。她的妈妈好像在她身上吊了许许多多线，把她当作一尊提线木偶。

“我把一切都当作是妈妈对我的爱。哪怕只下了点毛毛雨，妈妈也会开车来学校接我，朋友们都很羡慕我。但没过多久我就知道了，妈妈爱我的本质是什么。”

“本质”这个词对我来说很陌生。爱不就是核心和本质吗？

妈妈对女儿的爱难道还有别的理由和原因吗？我不太懂。

“本质？”我问。

她咧嘴笑了一下，说道：

“我妈妈从小家境不好，想做的做不了，想要的得不到。她给我穿漂亮的荷叶边连衣裙和闪亮的漆皮皮鞋，并不是把我当公主养。”她的声音里隐隐透着冷漠，“只不过是通过打扮我来满足她自己而已。”

我惊讶地从她脸上看出了掩饰不住的怜悯之情。我没有回答，只是配合着她的步伐继续往前走，感受冬天寒冷的风在脸上拂过。我懂了，她已经跨越了怨恨，同情起妈妈的痛苦。

我听说，有一些人会通过子女来实现自己没实现的愿望，获取自己未曾拥有的东西。但这种追求要如何足以实现他们的梦、他们的目标呢？依依的妈妈就算营造了再好的环境、再好的教育，但永远无法真正实现她心中的梦想，毕竟依依是一个完全不同于妈妈的个体，是一个拥有不同梦想的个体。依依沉思了一会儿突然“扑哧”笑了，说道：

“后来我升入高中，进入青春期，我开始问自己，你真的喜欢跟妈妈去看表演，喜欢上妈妈报的兴趣班，喜欢和妈妈一起做运动吗？你不是更喜欢独自一人读书或者安静地发呆吗？”

不知道从什么时候开始，依依只要看见身后出现妈妈的影子就觉得窒息，妈妈挂在嘴边的口头禅“为你好”也让她痛苦不堪。

“妈妈说，希望我成为外交官，希望我能自由往返于那些她去不了的国家。直到这时，我才明白妈妈为什么从小逼着我学各种语言，我不肯学她就心急火燎。我其实是实现妈妈梦想的傀儡。”依依说。

也许还有很多孩子仍然不知道自己是在为了父母的梦想而生活，而不是自己的梦想。不，他们甚至不知道自己是实现父母梦想的傀儡……

突然我想起了她之前说过的话——

我之所以成为现在的我，其实来源于那些我懵懂时期形成的东西啊……那在形成这些记忆之前，我是怎么长大的呢？

不管是谁，想要找寻一个完全的自我，总是需要花费漫长的时间。我相信的那些造就我的因素，其实很可能来自外部。我一直以来相信，那些许许多多造就了我的东西，也许只不过是在 NC 馆这个特殊系统里形成的。和陌生人做朋友需要花不少时间，同样，认识自己、亲近自己、理解自己也需要漫长的时间和努力。

“我用了很长时间，才和妈妈分离开来。那样的我让她感受到了深深的背叛。她认为自己为我牺牲了全部生活，付出了所有，但我却再也不需要她。她越是这样想，我反而越靠近自己的生活，渐渐地就到了独立的年纪，我自认为这样的变化是自然而然的。但此时，我意识到一个很重要的问题。”

“什么问题？”

“就像我需要学习离开妈妈，实现精神独立和经济独立一样……”

我沉默。

“妈妈也需要学习如何离开我，自我独立。”她说。

我原以为，“独立”是指子女成年后离开父母自力更生。但就像她所说的，也许父母同样需要离开子女，自我独立。当父母看到子女照着自己的意愿生活，不认为这是一种背叛，而是满怀喜悦之情，这才是真正实现了从子女那里独立。

我们再次挪动脚步往前走。依依和我保持着距离，并排走着。家人也许是在不远处守望对方的人。“不远处”是互相看得见，但不太容易说上话的距离。这应该是父母和子女之间的心理距离，互相守望，但无法对话。听依依这么说，我似乎也能理解她的母亲了。因为理解，也更加惋惜，她希望女儿成为外交官，活跃在世界各地，她难道不知道女儿的幸福比当外交官更重要吗？她难道不相信，尽管依依的体态不够完美，也不太会说外语，但只要她幸福就足够了，不是吗？

“我们在科学课上学过摩擦力，摩擦力是两个表面接触的物体之间产生的力，往往在作用力和反作用力之间产生。”我说。

“抱歉，我这方面不太懂。”她投降似的举起了双手。

“人的心与心之间也有摩擦。”

如同家人靠得太近就会有磕碰。

“知道了摩擦力的原理，就可以尽量减少摩擦吗？”

“理论和现实完全不一样吧？”

我和依依同时笑了。一阵风吹来，弄乱了我们的头发。她的微笑看起来很惬意。

“和像我这样已经长大的孩子生活不容易。”

“是的，对，肯定不容易。”她说着耸了耸肩，把手插进口袋，“我和日升聊过，像我们这样不成熟的人能够当好父母吗？坦白说，我们也没有信心，可能会让你很失望。”

“也有可能是我让你们失望。”我说。

她笑了，脸上的表情仿佛在说“可能是吧”，接着说：“我想过，当父母的该做些什么，尤其是给你这样一个成熟的十六岁男生当父母，然后，日升和我觉得……”

我不说话。

“我们一定要当你的父母吗？当朋友不行吗？对十几岁的孩子来说，朋友比父母更珍贵。跟父母说不出口的话，可以对朋友说嘛。”依依继续说，“我最亲密的朋友都是高中时遇到的人。我们也有过青春期，一点小事就可以让我们很兴奋，没事也会又吵又笑。直到现在，我们只要一看对方的表情就知道有什么心事，但我还记得变成好朋友之前，我们也有过隔阂。从最开始刚知道名字，然后一起玩，一起生活，才逐渐亲密起来。当然我们也会吵架，也会失望，甚至想过绝交，但最终成为世界上最了解彼此的朋友。”她转过身来看着我，“成为一家人，会开心，也会后悔。但过一段时间，会越来越亲近，单从表情、嗓音就可以知道对方有什么问题。当然这需要很长的时间，就像我和我的朋友一样，和日升结为夫妻也是一样。”

“二位都想要我吗？”我问。

她毫不犹豫地点了点头。远处好像传来了鸟鸣。

“要不然我也不会在这里吧？你呢，元一？这次面试结束后，你愿意和我们合宿吗？”依依问我。

第三轮面试结束后，再进行合宿后，我就真的要离开NC中心了，前往依依和日升生活的家。我的身份证上会删去NC出身的记录，可是……

“抱歉，面试到此为止，我不会去合宿。”我说。

她无比惊讶地看着我。我不知道她是因为我拒绝合宿而惊讶，还是因为我未经护长直接告知她而惊讶。但最后一次告别，我想要当面告诉她。也许我是出于这个原因才和她一起来到这里的。

她苦涩地笑着说：“是啊，像你这么聪明的孩子，是不会让我们当你的父母一起生活……”

“不，二位是目前为止我在面试中遇到的最理想的夫妻。我并非信口开河。如果通过护长转达，我怕没办法表达我的真心，所以无论如何，我想当面告诉你这句话。”

依依一脸困惑，无声地催着我继续往下说。

“我还不想离开这里，我还想继续学习、继续生活，抱歉没能早点告诉你。我一直跟你们面试，是因为我真的很想听听二位的故事。我没有开玩笑，也不是变心。”我说着郑重地向她鞠了个躬。

“其实面试期间，我想了很多。就算没有走到最后一轮面试，我想我们也认识到应该改正的部分，和不好的习惯之类的。这和要不要生孩子的苦恼又有所不同。对我们来说，这也是一个学习和反省的机会，应该是我们谢谢你。”她说完向我眨了眨眼。

如我所料，她什么都会理解。和护长们担忧的不同，依依和日升他们并非不成熟，没有情绪不稳，也不是没做好准备，这是我和他们几次见面中切身感受到的。“家”就像个社会，说小也小，说大也大，没那么容易，也没那么简单。

“还好我把那个带来了，就怕万一。”依依说着慢腾腾地在包里掏起了东西，“这次面试可以送礼物的对吧？”

她拿出了一个画框，画的是我笑容满面的脸，是日升画的。

“我出门时，日升非让我带给你。还有，有句话我不知道能不能说……”依依不好意思地说，然后偷偷环顾了一下四周，悄声对我说，“打开画框，画像后有我们的手机号和家庭地址。是日升写的。”

如果确定不选择对方作为父母，孩子和预养者之间是不可以交换任何联系方式的，包括全能表的号码，以及地址和电子邮箱。

“我从这里毕业后，真的可以去找你们吗？”

“当然，我们可以做真正的朋友。”她像个调皮的孩子一样开心地笑着，然后又加了一句，“比父母更亲近的那种！”

我紧紧抱着日升给我的画像，小小的画框仿佛带着温度。

本以为只是稍微散散步，竟然一下子过了两小时。正因为今天的见面很愉快，才会让我觉得时间飞逝。崔看着我们，脸上的表情很微妙，大概半是担忧，半是期待吧。

“散步还愉快吗？”崔问。

“是的。”依依说着，对我眨了下眼。

“元一 301 呢？”

“我也是。”我朝依依抬了下嘴角。

“那么。”崔边说边朝我走过来，示意已经到了分开的时间。我和依依对看了一眼。

“我很快会告诉两位接下来的安排。”崔说。

依依点了点头。

“您慢走。”崔向她道别。

依依站着不动，深情地看着我，她的眼神仿佛想要永远记住我一样。崔清了清嗓子，依依很快回过神来，问我：

“嗯……我可以抱你一下吗？”

我放下了手中的画框。依依紧紧地抱住了我。我听到她怦怦的心跳声。

“我等你哦，朋友。”依依对我说。

我点了点头。到现在为止，我还从来没有拥抱过任何一个预养者。因为我之前的“上色”从来没有到可以拥抱的地步。依依是唯一一个和我单独散步、拥抱我的大人。不，是朋友。

依依用依依不舍的眼神和我道别，然后离开了。崔歪了下头，看着我说：

“我头一回见你这个样子。”

“我怎么了？”

“没见过你笑得这么开心。你应该是第一次对预养者这么敞开心扉吧？”

我凝望着桌上的画像，日升为了画这个应该花了不少时间。才华的重点不是结果，而是过程，它的光芒无法阻挡，就像家人之间就算拌嘴吵架、伤心难过却仍然不想分开一样。不，它甚至超越了“家”的限定。

崔好像在用全能表查找合宿所信息：“现在和预养者合宿的孩子共有十个人，你什么时候想进……”

“我不合宿。”我说。

崔吓了一大跳：“你说什么？我是不是听错了？我明明看你刚

才回来的时候笑得很灿烂啊？”

“您的听力和视力都正常得不能再正常了。”

“是不是散步时她讲了什么奇怪的话？”

“我说过了，没发生什么事。”

“那问题是什么？”

“没有问题，他们是很好的人。很可惜这次没见到另一位。”

崔皱起了眉头，好像头很痛一样：“你以为我闲得发慌吗？”

朴走后，崔把一天二十四小时按分钟来分配工作，忙得不可开交。又要定孩子们体检的日子，又要查看预养者的文件、商量“上色”的日子，还要外包制作孩子们的全息影像。虽然不是只有崔一个人在忙，其他护长们都很忙。但情况确实如此，哪怕是开玩笑，也不应该影响护长们的心情，这我是知道的。

“……我想就到这里为止。”我说。

崔的脸上仿佛浮现出无数个问号：“据我所知，元一 301 从来不会说空话。就连预养者告别时随便说一句‘下次再见’，你也从来不说‘好的’。我刚才分明听见她说‘我等你哦，朋友’，你还点了头，那又算什么？”

“我没有撒谎。”

“那么？”崔挑起了眉毛。

“这很难说啊。也许我们在很远的未来会成为真正的朋友，比父母更亲近的朋友，不是吗？”

"元一 301。"

"我在。"

崔叹了口气:"我很了解你，知道你什么时候进馆、你的身高、体重，甚至是骨密度。我知道你周末主要做什么，和谁关系好。我要是想知道，还可以去查你读过的书的目录，可是……"

她该不会连我说的梦话都知道吧？啊，光是想想都毛骨悚然。

"其实我对你一无所知。"崔说。

"……我也不懂我自己。"

我对自己也感到很陌生。

"你相当于又给了我时间。"崔突然微笑着说，"让我有机会更了解你。"

"我也一样。"

我向崔行了个注目礼，把画框拥在怀里，用它作为"上色"的结尾。我好像再次感受到了画框的温度，如同依依给我的那个温暖的怀抱。

父母的孩子

“搞什么鬼？你是在玩弄护长吗？都第三轮面试了！现在说结束就结束？那你为什么要收那个东西？你说说看！”

良十看着挂在墙上的画嚷嚷起来。画一挂到墙上，感觉整个房间的气氛都不一样了。我稍稍翻开了画的背面，真的写着两个人的联络方式。这是谁都不知道的秘密。

“良十，你有什么话慢慢说。”

“他们是不是有什么失误？他们问了你奇怪的问题吗？”良十心焦地问个不停。

“该回答的我都告诉护长了。别问了，我累了。”

“他们听到这个消息一定会很莫名，相当于在最终面试中被你一脚踢开嘛。”

“不会，两个人都……”

我本来想说，但决定还是不说。良十满脸的不开心，瞥了一眼墙上的画：

“哼，一点都不像。”

这是我第一次收到预养者的礼物，也是第一次收到别人要和我当朋友的重要信物。他好像有什么不满似的，嘟囔个不停：

“你为什么笑得那么灿烂？我看你根本就是只刺猬。”

“你想不想被刺猬刺一下？”我说完突然站起来朝良十走去。

他从鼻子里哼气：

“你想打我，那我就告你暴力罪。”

“啊哈！好呀，你说对了。既然要告，先吃我一拳吧？”

“是你自己性格古怪，我又没说错！”

这几个月来，良十确实变得更固执了。他在这种时候，离开NC中心，到陌生环境和陌生人生活在一起，是件好事。既没有宠爱他的护长们，也没有在旁边唠唠叨叨的我，对他来说，会是一个全新的开始。

我恶作剧似的拨乱了他的头发，说：

“你这家伙，为什么要骗人？”

他瞪大了眼睛，噘着嘴说：

“我什么时候骗人了？”

“你不是说，要给你当爸妈的人是好人吗？”

听我说到他父母，良十瞪圆了眼睛，叫起来：

“你无缘无故地说什么呢？你听说了什么吗？护长什么都没告诉我啊！”

他都开始结巴了，看来是真心吓到了。是啊，那肯定的，现在他的全部注意力都在那两个要成为他父母的人身上。

“你不是说他们是很好的人嘛。”我说。

良十咽了口口水。

“我看他们不像是很好的人啊。”我说。

他没有回答。

我故意停顿了一下，说：“他们是超级、完全、非常棒的人呢！”

“啊，我真的很讨厌你！”

良十气呼呼地打我的胳膊，他的拳头也变得更有力更结实了。

“你！我要告你暴力罪哦！”我说。

“你吓到我啦！我的心都在乱跳了。”

“良十。”

他气鼓鼓地看着我。

“世界上没有彻头彻尾的好人，如果他们要求你总是要保持开朗、明媚的样子，你做得到吗？”我问他。

良十无声地摇了摇头。

“你自己都做不到的事，就不要勉强别人去做。就像你和我总是互不相让一样，你和他们也一定会有不合的时候。你别期待只在他们身上看到好的一面，也别总想着展示自己好的一面，要不然你和他们都会累的。”

“我知道，护长也这么说的。”

就像不可能期待一年到头只有晴天，没有云朵和风雨，那样植物能活得下来吗？也许世界会成为一片沙漠。

良十第一次父母面试就遇上了好人，是非常难得的幸运。这家伙从没有对预养者失望过，也没有怀疑过。但他有一天会知道，总有些事无法如愿。这个社会比我们想象的还要荒唐。我希望良十能在这种世界上过得幸福。

“你说过他们有个儿子吧？”我问他。

良十点了点头。

“那个儿子从出生起就拥有父母，所以习惯了不付任何代价接受一切吧？”

早上一睁眼餐桌上就有做好的早餐，一打开抽屉都是叠得整整齐齐的衣服，校服打理得干净整洁，哪怕晚归的日子，只要打开家门就会闻到食物香喷喷的味道，这些都是理所当然的。他甚至相信成年之后，称为“父母”的监护人依然会守护着他，他根本没有意识到这有什么奇怪。

“别忘了总是心怀感恩。你渴望爱，他们也许同样渴望。”我说。

“你就是因为这样才有问题。”良十咂着舌说道，“你这么爱担心，一般人来当你的父母你哪里看得上啊？”

能通过“上色”结识的父母是很有缘分的，不过再怎么有缘分顶多也就是三四次面试加一个月的合宿，在这短短的时间内，有些人成为父母的孩子，有些人成为孩子的父母。组建一个新家，终究有种看不见的缘分。也许，我们一直在等待更好的父母、更有能力的父母。也许，我们只是在等待某个有缘人，仿佛有个神秘的脐带把我们连接起来的那个人。

“哥，你快十七岁了。你知道要是还找不到父母……”

我竖起食指挡住良十的嘴，示意他不要说话。我说：

“谁知道呢，也许缘分明天就会出现。”

“要是能当你的父母，肯定会以你为傲。真搞不懂为什么你到现在还留在馆里。”

“良十，你现在知道为什么要把我的声音设为这个房间的声音识别了吧？因为我知道你肯定会比我先出馆。”

良十哭丧着脸，好像随时要号啕大哭起来。他自言自语地说着：

“哥，我最想的人一定是你。”

“有空见面”这种话在外面世界可以随口说出，但在这里几乎是不可能的。一旦去往宽广的世界，除非意志坚决地要见面，否则是很难见到的。我们戴的全能表和外部人不一样，只能连接NC中心里的通信网，出馆就没用了。所以出馆时一般会归还全能表。而且脱去了 NC 出身的孩子们都尽量不回头看。

“拜托，你是明天就要走吗？你还差好几步呢。谁知道接下来还会发生什么变数呢？而且啊，搞不好以后你也像冬一那样……”

“哼，哥！你真的很讨厌！”

“讨厌就赶紧走，去看看更广阔的世界，见见更多的人。想去哪里就去哪里，去一个没有人歧视你的世界。”

他两眼泪汪汪地咬着嘴唇：“你就别再逗我了。”

“……好好生活，直到你把这里忘得一干二净。”

一想到马上就要和这个家伙分别，我就像吞了一个很烫的东西似的，喉咙发痛。越是这样越要笑，因为伤心没有任何用处。

这时，“啪”的一声，房间里的灯灭了，黑暗中良十擦眼泪的样子有些模糊。消防演习正好开始，走廊响起警铃声，各个房间里涌出来的孩子让走廊一下子变得喧哗起来。

“啊，麻烦。”良十说。

“你反正也没剩几次了。走廊灯都关了，你好好跟着我，别像上次那样摔倒了。”

我打开全能表的照明功能，良十紧紧跟在我的身后。三个月一次的消防演习，警铃响起后，宿舍楼里的所有灯都会熄灭，走廊上弥漫着对人体无害的舞台专用烟。这种烟像雾一样，不影响呼吸，但会挡住视野，只能依靠全能表的灯光和红色应急警灯尽快离开建筑。走得慢了，护长们会一直唠叨到大晚上。所以，正在看大屏幕的孩子、在玩游戏的孩子、在吃零食的孩子都一溜烟地跑向大礼堂。无聊的安全教育如同拷问，如果想尽量把拷问的强度降低一点，最好遵照护长的要求，尽快离开建筑物。要是没有人掉队，而且在规定时间内集合，很快就可以解散了。

走在弥漫的烟雾里，我听见有个人嘴里不停地嘀咕，那熟悉的声音绝对是冬一。我拉着良十，紧紧贴在冬一的背后。

“冬一。”

黑暗中我朝他伸出手。他吓了一跳，“啊”地叫了一声。

“是我，元一 301。”

“你是收到了护长什么指令了吗？比如叫你修理问题多的人？”

他倒知道自己是个问题儿童，也算没枉费我三番五次地跟他说教。可惜他就算知道这一点，还是不会有任何改变。

“你最近有没有计划再给我来一拳？挨一拳换点蓝莓，我觉得行。”

这个嘛，我也不知道自己什么时候要去反省室，看来下次一定要麻烦他了。

“得了吧你，好好看路。”

孩子们排着队依次下楼梯。我们经常进行消防演习，移动路径都刻在脑子里。我们接受的安全教育不仅是消防演习，还有发生地震、洪灾、交通事故等情况下该做什么，我们都很清楚。多亏了平时的训练，警铃一响，我们的身体就会做出自动反应。

一到大礼堂，护长们很快开始清点人数。听到护长报告少了两个人，孩子们发出了不耐烦的叹息声，抱怨又是哪两个家伙拖了后腿。今天竟然缺了两个人，看来是没法早点回房间了。

护长们用全能表四处联系后，随即向黄报告缺了两个孩子，看他们点头的模样，应该是掌握了那两个孩子现在的位置。

“那两个人因为感冒正在保健室。那就是全员到齐对吧？但这次集合比上次足足慢了五分钟。你们知道就这五分钟，火势会变得多大吗？况且馆里已经离开了一批孩子，人数比上次少得多了，集合时间还更长，怎么回事？”

得了，今天又不好过了。黄拿起麦克风，摆出一副要发表长篇大论的架势，讲起了安全条例。这些大人明明也有过十几岁的年纪，体会过大人们什么样的嘴脸最讨厌，但为什么像喝了孟婆汤一样，一长大就忘得一干二净，再次重蹈覆辙。我要是成了大人，也会变成他们那样吗？啊！我可要打起精神来，千万别忘了。

“黄真不愧是‘人型小帮手’，就那几句话，说了又说。”冬一又嘀咕起来。

“真是困死我了。”良十也嘟囔起来。

就在这时，大礼堂的门“哗啦”一下开了。看着讲台的孩子们一齐往大门的方向看去。走进大礼堂的人竟然是NC馆长——朴。

“护长！”良十喊着跑向朴。

我急忙一把抓住他的衣领。

“你干吗，放开我。”

换作是平时我不会这样做，但现在……不过我只能抓住良十一个人，已经有好几个人扑进了朴的怀里或挂在他的身上。我明白他们见到馆长很高兴，但朴的心情如何我们不知道啊。与其这样草率地把他抱住，不如忍一忍比较好？

这时，我看到朴伸开双臂拥抱着朝他跑去的孩子，不由得安下心来，吁了口气。

我把抱着朴的孩子都拉开来：“你们都长这么大了，抱来抱去的多恶心。让开，放开。护长刚回馆里多累啊？真想打招呼以后时间多的是。”

“没事的，元一301。”

向来不轻易流露感情的朴，现在却是一副平和、轻松的模样，比平时更温和。还好，看来这趟旅程不是太过艰辛。

“……您回来了？”我对他说。

朴的脸上带着复杂的微笑。

“嗯，我离开太久了吧。”

“欢迎您回来。”

我望向站在讲台上的崔。所有护长都从讲台上走下来，迎接朴，只有她像钉子一样钉在原位，在不远处望着朴。她的脸上带着微笑，似乎可以听到她无声的问候："师哥，欢迎回来。"

正是最寒冷的隆冬。过了这段寒冷的冬日，美好的春天就要来了，围墙外就不再是全息影像森林，而是真正的绿色森林了。

我可以问
最后一个问题吗?

又有几个孩子结束了合宿，和父母一起离开了这里。教室像嘴里掉了几颗门牙一样空出了几个位置。我迫切地希望，要是大家都能遇到好父母就好了。

“我好像马上又要‘上色’了。”冬一倚坐在桌边，无精打采地说。

“没什么问题你就答应了吧，你都快十七岁了。”

他懒洋洋地伸了个懒腰，听到我的话苦笑着说：

“这话好像轮不到你说吧？反正我是这么想的，父母因为有我，又拿政府的补助，又领年金，就让他们领吧。作为交换，他们也别限制我和女生见面，或是去 VR 室，我们都各自退一步，凑合着过吧。但上色我真是受够了，我也不再抱什么太高的期望了，预养者应该对我也不会有太高的期望。我仔细想过了……”

这家伙怎么最近还挺会想事情的，我都有点不认识他了，问道：

“你还想什么了？”

冬一马上玩世不恭地笑了起来：“我在外面过了一段日子，发现和亲生父母一起长大的孩子和我们也没什么两样，有的人和父母完全就是陌生人，还有人和父母吵闹不休，他们对父母的愿望就是每天早上能少唠叨几句，或者每天去一小时 VR 室，不要拿他们和朋友比，不要偷看他们的全能表，也就这样了。一句话，对父母不能有太高的期待。你想想，要是这种父母是预养者，谁会愿意去父母面试？马上拜拜啊。”

听他这么一说，我觉得我们选择父母和父母生小孩差不多。谁都希望自己的孩子就算不是个天才，起码也要比别人强，这种心情一定会有的。然而用不了多久，这种幻想就会像海市蜃楼一样消失。孩子上了学，一级一级地往上升，越长越大，父母的希望就越渺茫。最后只希望他和别的孩子差不多，只希望他健康，只希望他做一个普通人……

我们对父母的期待也差不离，我们总是期待，至少自己遇到的父母会真心疼爱孩子、经济富足、知性、有教养、完美。但上过几次色就知道了，我们也好，他们也好，都会渐渐地降低门槛，做出某种程度的妥协。

“不过那个馆长啊。”冬一突然说。

“他怎么了？”

冬一见我猴急的样子，有些莫名其妙地打量了我一番，然后说：

“他到底是去了哪里啊？如果说他是去旅游了，那照他的性格应该不会空手回来才对。而且啊，他的表情……”

“他什么表情？”

冬一摸着下巴，稍微皱着眉头，仿佛正在推理案情的侦探一样。我“扑哧”笑了出来。

“他像不像是去了哪座深山里的修道院之类的地方？”他说。

见我没有回答，冬一接着说：“他看起来比以前，该说更平和了吗？好像更平静了。”他挠了挠头，“而且看起来有点悲伤。很难用一句话说清楚，总之他整个人都不一样了，我觉得他一定是交女朋友了。”

他每次都分析得挺好的，最后却总会得出奇怪的结论。不过他的话也不无道理，朴的确看起来温和又平静，同时又有点悲伤。我们谁都没办法看透朴的内心，也许对朴自己来说也不容易做到。坦率面对自己，需要更大的勇气。我想知道朴的勇气到底给他自己带来了什么。朴不在的期间，我再三回味着他的话——

“是为我好啊，为我好……”

这次休假是他完全拥有属于自己的时间。尽管有着痛苦的过去，但他没有放弃自己，没有任那些可怕的回忆吞噬掉自己，继而还跨越那些痛苦，滋生出力量去爱那些和自己一样的孩子，毫不遮掩地展现在所有人的面前。我想朴会对父亲说，尽管你残忍地对待当年弱小年幼的我，但我不会践踏病弱的你。在你临终时陪伴你，不是因为我是你的儿子，而是要明确地证明我和你不一样，不是做给别人看的。

当然我不知道朴的真实想法，这些纯粹是我小小的希望，也许仅仅是一种迫切的心愿，希望朴不要受伤害……

我把手搭上了冬一的肩膀：

“喂，为什么开头是修道院，结尾是女朋友，对不上吧？”

“也是，不用看也知道。想想看，他和一个女生肩并肩走路，搞不好还摸到了对方的手，然后他会说——冬一清了清嗓子，‘第一天约会禁止身体接触’。”

我捧腹大笑，感觉朴真会这么说。

“要不然就是，他问人家‘你给今天打几分？’”

我和冬一聊着聊着，已经走出了走廊，窗外是冻得发白的天空。快要下雪了吗？我在全能表上点了一下“申请面谈”，接受申请的绿灯闪了起来。

面谈室的门一打开，我就看到了朴。我低头鞠了个躬，坐在了他对面的椅子上。就像往常一样，从他的表情猜不透他的想法。

“喝点什么？”他问我。

“冰咖啡。”

朴正要摁按钮的手停住了，问我：

“现在喝冰咖啡不凉吗？”

“我口渴。”

过了一会儿小帮手进来，在桌上放了一杯冰咖啡和一杯热茶。朴把杯子递给我，说着：

“你怎么会口渴，搞得我都不知所措了。”

我虽然口渴，但并不焦躁，心里非常坦然。我要说的话大概会让刚回馆的朴很惊讶，但我的心中有种莫名的平静。

“您会不会回来得太快了？”我问他。

朴露出浅浅的微笑：“你这话的意思是好像我不在也行吗，听到这话我有点难过啊。”

“一般旅游回来都特别累嘛，您要是有机会再休息一下就更好了。”

“我反倒觉得回到馆里才能消除旅游的疲乏。”

是的，那当然。我喝了一口咖啡。门外传来一群孩子嬉笑着跑过的声音。只要馆里还有孩子们，朴就不会离开。但这些孩子终究是要离开的，他何必这么爱护他们，为他们着想呢？难道他很享受这种极度的“单恋”吗？

“你应该找崔面谈，今天为什么找我呢？”

“您这话的意思是和我面谈很不耐烦吗，听到这话我有点难过啊。”

朴投降似的举起了两手：“我听说你第三轮面试时决定拒绝那对预养者。他们当然不是完全没问题，但馆里绘制的亲密度曲线图一直呈上升趋势，你打的分也很高。据我所知，你可从来没给面试的预养者打过这么高的分数吧？”

朴的问题仿佛直捣我的内心。我申请面谈就是想跟他说说这个问题，我为什么给他们打了高分又拒绝他们。

“元一 301，虽然这个结果不太像你，但在你身上出现这个结果我不意外。”他边说边用纤长白皙的手指“叩叩”地敲着桌子，这是他整理自己思路时的习惯，“你很有主见，也很慎重，别人随便说一句话，你也会揣摩他的真实想法。你也知道，很少会有人在第三轮拒绝，大部分都会去合宿。你能进到第三轮面试，就意味着你已经见到了可以真心信任的人。我相信你拒绝，不会只是因为变心或为了开玩笑。”

我感觉朴看我的眼神像是要把我看穿一般。

“也许，你拒绝他们的理由和那对预养者没有关系？”他问。

是的，我输了，我已经输了。我想了一下该说什么，然后开了口：

“是的，他们是我见过的最满意的预养者。”

朴冷静地看着我，等着我的回答。

"我觉得如果跟他们合宿也挺好的。"

寂静降临了，杯子上凝结的水汽缓缓洇湿了桌面，形成一个小小的水洼。想起依依和日升，我也不由得露出了苦笑。

依依和日升当父母的话，不会对我发号施令，而是会提问和反省。他们不会因为心和心之间的摩擦而为难，努力不要重演父母给他们的伤害和造成的问题——这样就够了，他们已经做好了当父母的准备。

"其实，是我没有自信成为一个好儿子。"

"元一，我想和你好好聊一聊。"

"您觉得我像在开玩笑吗？"

朴的嘴唇动了一下。

"为什么我们只计较当父母的资格和资质呢？我们也要好好看一看子女能不能和父母好好相处。你也说过，我们早该放弃父母无所不知，随时能做孩子坚实后盾的幻想。父母要为孩子无条件牺牲的时代已经过去了。"我说完喘了口气。

"这个我同意，但真心爱孩子的预养者也……"

"我不是说那些为钱而来的预养者不好，我们同样也是为了避免社会歧视才寻找父母的。我们都超过十二岁了，正是想要远离父母的年纪，也是最敏感、最混乱的年纪，这样的我们需要父母是为了什么？是为了摆脱 NC 出身啊。当然也不排除有预养者是真心想要孩子，就像也有孩子是真心想要父母。"

我说的人是谁你知道吧？我看着朴，用眼睛无声地问他。沉默又持续了一会儿，我继续说：

“我们利用他们，他们也利用我们。不仅我们如此，外部世界的家庭难道就仅靠爱来维系吗？”

沉默。

“我听说有个馆，一对亲生父母来找小孩。如果哪天，抛弃我的人出现在我面前，说他们是我的父母……”

沉默。

“我会非常讨厌他们，是他们抛弃我的呀，这十几年没来找我，现在还不如别来的好。可是……”

窗外渐渐被黑暗笼罩。面谈室的灯自动亮了，室内温度也上升了，桌上放着的热茶完全凉掉了。

朴痛了多久呢？那些看不见的伤口让他多难受啊。看着他白皙而纤长的手指，我又喝了一口咖啡，心里凉飕飕的、沉甸甸的。

“您休假前，有没有其他护长跟您汇报我的事？”我问他。

就算是黄，也不会对一个要休假的人汇报我的事情，我就是想确认一下。果然朴一副不知情的样子。

“我去反省室写了检讨。”我说。

朴稍微有些吃惊，接着便陷入了思考。我大概猜得到他在想什么。

“是因为暴力罪吗，还是……”朴的视线本来停在桌面，过了一会儿慢慢转向我，“还是你为了来反省室而使用了暴力？”

他都这样问了，也就意味着我不用回答了。他呷了一口茶，把杯子放回桌上，“嗒”的一声，响彻小小的面谈室。他深深叹了口气：

“如果是后者的话……”他几乎无声地对我说，“看来你知道了什么。”

“对不起，我知道我犯了大错。”我说。

朴的反应比我想象中的更冷静，惊慌的反而是我。我知道照朴的性格，不会冲我大吼大叫或凶狠地追问我，但他至少会流露出某种程度的失望。可他只是无奈地笑，我的心情很复杂。

是因为从未袒露过的伤口被发现，所以如释重负吗？还是彻底送走父亲的轻松从容？

当然我没办法完全理解他。毕竟谁都不可能完全理解另一个人。但我可以体会，他为什么护送了父亲的最后一程。如果他置之不顾，那就意味着他和父亲是同一种人。他为父亲送终，意味着他终于摆脱了父亲。

“所以我说，我对于创造出这样的缘分……缺乏自信。”我说。

“你是什么意思？”

我直视朴的眼睛，说道：“接下来我拒绝所有父母面试，从现在起，请您停止所有跟我相关的面试安排。”

“你现在说的这是什么……”

向来处事不惊的朴从座位上站了起来。是的，我很清楚，他为了给我找好父母有多努力，我对他既抱歉又感激。

“啊，您的动作好快。”我说。

“我好像每次和你聊天的时候就会这样。”原来他也会开玩笑呢。

他看了一眼黑乎乎的窗外，开了口：“元一301。身为一个大人，说出这种话，我真的很惭愧。世界上仍有看不见的阶级之分，存在非常严格的等级。强者不停践踏弱者，以享受自己的特权。不仅强者如此，就连弱者也有这样的特权意识。尽管自己没什么力量，但还会践踏比自己更弱的人。包括对于从贫穷国家移民来的人，或从事别人不愿做的工作的劳动者，人们仍然会投以冷漠的眼光。那些在亲生父母身边成长的孩子，对于在国家照顾下成长起来的你们也有一种微妙的反感。你很聪明，又有魅力，看到你的人都会喜欢你，但如果你说自己是NC出身的，别人马上会戴上有色眼镜看待你。这些事情，元一你也知道的，这里的孩子要是不能找一对父母，到社会上便会遭受不公的对待，生活在歧视之中。”

正如朴所说，不管什么时代都存在着歧视。但歧视和压抑逐渐消除和瓦解正是社会发展的象征。

“因为人们歧视 NC，我们就隐瞒自己的 NC 出身……这不是根本的解决方式。”我说。

朴很有同感似的点了点头：“我们现在的系统，是要帮助你们离开这里，找到好的父母，我不认为这有什么不好。你们要想了解这个社会，就需要有一个保护你们的篱笆。”

“羊离开了篱笆，就会被狼吃掉。”我说。

朴沉默。

“但也可以发现更美味的青草。”我说。

朴叹了口气。

“只有 NC 出身的人，才能消除社会上对 NC 出身者的歧视。”我继续说。

NC 出身的人越来越多，但很少有在社会上发声的。毕竟已经换了身份，没有必要再为 NC 馆出身者出头，这也无可厚非。恐怕没多少人会放着四通八达的高速路不走，偏偏选择又窄又险的小道吧？但走的人多了，又窄又险的小道也会越来越宽、越来越平。开头只不过是需要搬开一块石头。也许已经有人为了不让后来人绊倒，把那块石头丢到很远的森林里去了。

“元一，你十八岁就要离开 NC 中心了，在此之前你会接受很多职业培训和技术培训，之后你就要靠自己的力量生活了。”朴说。

当然，我想到未来还是害怕的。但肯定还是有机会的。我会努力生活，在机会到来的时候不至于错过。我还没步入那个世界，有必要现在就开始害怕吗？可以的话，我想要有更多维的体验，去发现我身体里住着的另一个我。

“护长。”我叫他。

朴没有回答。

“我虽然不听话，但对您是真心的，向来很信任您，也很尊敬您。”虽然说这种话让我很不好意思，但既然开了口，我决定继续说下去，“因此我希望您也能尊重我的决定。”

朴的瞳孔里映射着面试间的灯光，他似乎在寻找一个合适的答案。

“我想法很多，并不代表担忧也很多。”我说着浅浅地微笑了一下。

朴再次习惯性地用手指在桌子上“叩叩”地敲起来。

“反正我在这里的日子还剩很多，不知道还会发生什么事呢，您不也是一样吗？”

朴停下手指：“人因为未知而不安，但也因为未知而经历意料之外的事情。”

未知的事未必是坏事，因为不懂所以可以学习，因为不了解所以可以期待。人生就是不断学会自己不知道的东西，从中感受到喜悦的旅程，不是吗？

朴又“叩叩”地敲起桌子：“我对你……”

我仔细倾听着。

“对你总是充满了不安。你很有想法，想得很深。其实从很早以前我就有预感。”

我没有回答。

“预感到你会做出这样的选择。”

我知道，朴不是别人，他肯定会预料到的。他知道我的心会偏向哪一边。我看着他，笑得很灿烂。

“这样的话，一直以来我和其他护长为你而付出的努力就没有白费。”朴微笑着说。

“我最后问您一个问题可以吗？”我问。

朴只是沉默着。

“……可以告诉我您的名字吗？”

“馆里的护长只能说自己的姓，不可以说出自己的名字。”

是我一时忘了朴的性格。

我耸了耸肩：“那我走了。”

我朝门外走去，背后传来朴的声音：“你为什么想知道我的名字？”

我停下脚步，转身看着朴。透过睫毛看到他的眼眸在颤抖着、闪烁着。其实我并不是真心想要知道朴的名字。不知道名字，我和他的关系也没什么不同。和名字没有关系，朴就是朴，我就是我。但是今天的朴和我之前认识的朴感觉不一样，感觉我稍微向他走近了半步的半步的半步。

“没什么，一定要有理由吗？”

不知不觉间，朴又变成以前那个读不出感情的朴了。

“元一 301，这里是 NC 中心，你是 NC 的孩子。”

我不可否认地挠了挠眉毛。

“哪天等你离开了这里……”

我没有说话。

“我就不再是你的护长，也不是馆长了。”朴微笑着说。

我看了看他，然后离开了面谈间。这时，几个孩子咬着耳朵走向电动步道，看样子他们正要去“上色”。他们又会看到预养者开心得有些夸张的全息影像。也许有人会说，这些人还不错啊，我愿意“上色”，也许别的孩子会说，这些人好像和我不太适合，对不起。我看了看我的四周。

也许这里蕴藏着一个无比巨大的未来。在这里，我可以选择我要的未来，可以提前遇到我的父亲和母亲。就算面试不能成功也没有关系，“上色”的那一刻，我们已经去了一趟未来。新年就快到了，我做好了准备，要朝外面的世界跨出我的第一步。十七岁，一个还没有出生的孩子，大踏步地踏上了一级台阶。

作家的话

我的童年是灰色的。介于黑与白之间，更靠近黑色的那种，灰扑扑的灰色。我试图努力不把这种颜色传给我的孩子，但比我想的要难。“我爱你”，我只能不停地对他说“我爱你”。我也时常安慰我自己，说“没关系”。失误、失败、犯错、踟蹰时我对自己点点头。要是有人问我，为什么要写青少年小说，我可能会这么回答——我只是有些话想要对童年的自己说：“还不太迟，现在说还来得及，没关系，会好起来的。”

像小说中出现的人物一样，我的心里也住着一个还没长大的小孩。对我来说，写作就是跟那个小孩玩。我写作，不是想要获得什么，是因为开心而写作，单纯地享受那个过程。

也许当父母也同样如此。与其努力把孩子打造成自己希望的样子，不如享受和孩子在一起的时光。成为父母不是一夕之间的事，而需要一个逐渐成为的过程。不要总想着教会孩子什么，而是和孩子一起玩，一起开心就可以了。就像写作也并非总是愉快的，我最近也越来越多地和孩子闹矛盾。不过如果只有晴天，世界就会变成沙漠。

我的孩子今年要十二岁了。连他也知道，妈妈一坐到电脑前面就会完全变成另外一个人，最好不要跟她说话。要是我的孩子能给我打“十五分”，我都觉得他很慷慨了。

我是好妈妈吗？我是在这样的反省中动笔写这本小说的。其实，在写这本书期间，我真正成了个忽视孩子的妈妈。我很担心我的孩子在读到这些文字的时候会说什么。我们家里喊我“老婆”和“妈妈”的两个人对我在家务和育儿方面从来没有期待过。我的老公忙里又忙外，我的孩子向来自己的事情自己做，要不是这样，我是不可能享受到每天在房间里待几个小时，只是敲键盘的“好事”。我对不起你们，也非常感谢你们。

我的老师曾经说过“故事会自己找上门来”，对于我来说，我发牢骚说“我真的很没资格当父母”时，是元一、良十、荷六找到了我。他们要是去找比我更有能力的人，可能会成为更棒的故事里的主人公。我很遗憾，对他们心怀歉意。这种心情和我对我的孩子的歉意有点相似。我相信如果能够在更好的父母身边成长，他们会更幸福。但有一点我很确信，我比世界上任何一个人，都更爱这些来找我的生命体。

感谢审查委员会和青少年审查团选择了我的作品。还要感谢我的老师，是他告诉我，人说的话和写的文字都有生命。感谢长期以来一起写作的伙伴们。我还要真心地感谢郑主编，和我一起为作品苦恼，一直给我鼓励。我在润色这篇故事的过程中，学到了很多东西，多得令我惊讶。

最后，我想向读了这篇故事的你致以无以言表的感谢。你的心中也有一个还没长大的孩子，希望你看完之后，会想要跟那个孩子说说话，也许你会听到意想不到的故事。然后你偶尔也可以对自己说，“没关系，你做得很好”，真心地鼓励自己，因为你真的是很不错的人。

2019年春天

李喜荣